あなたが選ぶ結末は

水生大海

Hiromi Mizuki

双葉社

目次

あなたが選ぶ結末は

装丁　bookwall
写真　gettyimages

01

二週間後の未来

環《たまき》、あなたが青酸カリを手に入れたのは、おばあちゃんのお葬式のあとだった。親戚が集まっておばあちゃんの思い出ばなしに花を咲かせていたとき、ふいっとあなたは思いだしたんだ。秘密めいたおばあちゃんの笑顔とともに。

おばあちゃんのお父さんは軍医だった。太平洋戦争も終わりのころ、いざとなったらこれで純潔を守りなさいと、一時帰還したお父さんから持たされたという。そういう時代だったのよとおばあちゃんは笑っていた。

その濃紺の小瓶は、レースのハンカチに包まれて小さな缶に入れられ、茶色くなった写真とともに、さらに朱塗りの箱に収められていた。あなたの記憶はだんだんとよみがえる。おばあちゃんの部屋は一階の奥の座敷で、亡くなる直前まで頭も身体もしっかりしていて、身の回りのことも同居のお母さんに任せなかった。九十五歳とは思えないほど元気だったと、今も伯母さんが羨《うらや》ましげに語る。伯母さんはおばあちゃんの長女だ。青酸カリのことは聞かされているだろうか。もしも自分が使ったら、おばあちゃんが持っていた青酸カリだと気づくだろうか。あなたはそう思いながら、伯母さんの話に相槌《あいづち》を打つ。あなたを呼ぶときうっかりと、あなたのお母さんの名前を口にする伯母さんだ。青酸カリのことを聞いていたとしても記憶の彼方だろう、あなたはそう思った。

一連の儀式が終わり、借りている１ＬＤＫの部屋に戻るまえに、あなたはおばあちゃんの部屋を探した。記憶にある朱塗りの箱は、押し入れの古い行李《こうり》から見つかった。黄ばんだレースのハンカチごと、あなたは濃紺の小瓶をポケットに入れた。

環、あなたは自分を慎重だと思っている。なかなか決断できず、チャンスを逃してしまいがちだと。そんなあなたがとっさに濃紺の小瓶を持ちだしたのは、怒りのせいだ。

おばあちゃんが突然倒れた、どうしよう。そんなお母さんからの電話がかかってきたのは、基《もと》規《き》との別れ話の最中だった。

塩川《しおかわ》基規はあなたの一期下だ。あなたは基規が入社したときから気になっていた。万人が認めるイケメンではないけれど、スポーツマンらしい清潔感があった。とはいえ自分も入社二年目の新人、仕事は面白く、覚えるべきことも多い。社内恋愛はこじれたときに大変だとも聞く。相手のことを見極めてからと、慎重の上にも慎重を重ねた。石橋をいろんな道具で叩いているうちに基規は転勤し、さらには結婚した。ショックを受けたけれど、あなたはなにも行動しなかったんだ。文句を言う筋合いはない。それはあなたも自覚している。その後、あなたも多少は柔らかくなった。恋愛の相手を社内に求めることはしなかったけれど、トライアンドエラーという考え方も覚えた。エラーが多かったのか、なかなか踏ん切りをつけないせいか、独身のままだったけれど。

そんななか、基規があなたの部署に戻ってきた。離婚をして、しかも上司となって。そこはあなたも二年前から納得がいっていない。社歴も実務経験も自分のほうが上のはず。会社の旧態依然たるところだと思う。けれど慎重なあなたが選ぶような会社だ、固定観念を重視する。会社への不満はともかく、戻ってきた基規はあなたを先輩として立て、あなたもまんざらではなく、基規との仲は急速に深まった。

思えばあなたの恋心は、基規に透けて見えていたのだろう。基規があなたを頼ってきたのもわざとだ。あなたは基規を支えようと、仕事をフォローし、アイディアも手柄も差しだした。基規の役に立つ人間になるのが、自分たちの将来につながると思った。社内恋愛はおおっぴらにしてはいけない、その考えから抜けだせないままだったので、基規との関係も公言しなかった。それでいながら一年半も関係を続けた。いくら慎重なあなたでも、もうゴールを設定すべきでは、三十代も後半になるのだし、とそう考えていたころだった。

基規が婚約したと、突然の噂が立った。相手は取引先の社長令嬢。絵に描いたような裏切りに、すべてぶちまけてやると怒りが募った。そう叫ぼうとしたところで、おばあちゃんの死があなたを止めた。

忌引きが明けてあなたが出社すると、基規は祝福の中にいた。

基規はあなたの出方を探るように、悔やみの言葉を投げてくる。亡くなったのは残念だけどすごいね、大往生だねと、九十五歳での死はまるでめでたいかのようだ。いいえ家族は悲しいんですとは言えなかった。みなが基規の言葉にうなずいていたから、その場の雰囲気を壊せなかったのだ。口を開いたら最後、なにもかも話してしまいそうで。

今、基規との関係を口にしてはいけない。動機が知られてしまう。

はっきりと殺意を自覚したのは、このときかもしれない。保険代わりに持ってきた濃紺の小瓶は、武器となった。

あなたはじっくり考えた。行動を起こすのは遅いが、考えるのは得意だ。

毒殺。一五五センチと小柄なあなたでも、一八〇センチ超えの男性を殺せる方法だ。青酸カリというのもポイントが高い。誰もが知る劇薬だけど、それだけに入手経路が特定されやすいと聞く。あなたの身内や生活周りに、青酸カリを扱う会社はない。七十五年前の遺物など辿《たど》りようがないだろう。あなたはその点で、容疑者から外される。

一方、動機の面では不安が残る。あなたと基規との関係は周囲に知られていなかった。写真の一枚もない。基規が嫌がったからだ。曰く、若いころの風貌から劣化しているので悲しいと。そんなことはまったくないといたわるも、基規はナルシストかなと自分で言って笑うばかりだった。さらに、もしもSNSに上がってしまうと嫉妬深い元嫁からきみが攻撃されると続ける。そんな真似はしないと言ったが、基規はハッキングもありうると怯《おび》えた顔になった。嘘《うそ》くさい。今ならわかる。形に残るものをあなたに与えないための言い訳だ。今回それは、あなたに有利に働く。ただ、同僚が誰ひとりも怪《あや》しんでいない、と考えるのは甘いだろう。

基規と会うのはいつも夜、彼の家だった。築三十年ほどの一軒家で、亡き両親が遺したものだという。元嫁は古い家で暮らすのを嫌がった、最初は従順だったのにわがまま放題で騙《だま》された、と基規は言った。外観はたしかに古いが、水回りはリフォームされていて使い勝手はいい。家は寂れた商店街の裏手にあり、シャッターが目立つものの、人通りはゼロではない。連れ立って歩くことはなかったが、あなたはその商店街を利用していた。手芸店で掘り出し物を見つけたし、美味しいパン屋もあった。聞きこみなどされたら、あなたの情報が出かねない。

アリバイが必要だ。あなたはミステリ小説を何冊も読んだ。物理的なトリックができないか考え、誰かを巻きこんで時間を誤認させる方法も考え、自分の力量とリスクを鑑《かんが》みて、結局は単純なアリバイだけを用意することにした。犯行の時刻に別の場所にいた、犯行現場にいなかったことを確認できない以上はそう推測される、ただそれだけだ。しかけに凝ればそのぶん齟齬《そご》が生じる。

基規の家から徒歩圏内に、スクリーン数を十二も持つシネコンがある。そこにいたことにするのだ。あなたは昨秋、日本では未公開の映画を何本か、海外旅行の機内で観ていた。内容も覚えている。それらの映画の公開初日を狙う。シネコンのサイトからチケットを購入して自動発券機で発券。受付を通って廊下に入るが、上映されるシアターの中へは入らずにトイレで上着を替え、ほかの客に紛《まぎ》れて退場し、基規の家へ。基規を殺害し、上映の終了時刻を狙ってロビーに戻り、なにか目立つ行動をする。座席番号が隣り合う人なら、あなたがいなかったことを知っている。だが初日の上映に来るような客は、周囲のようすよりスクリーンに集中するはず。満員御礼が出そうもない作品を狙おう。付近に人が少ない座席を見繕おう。上映開始前は人目につかないよう心がけ、終了後にはスタッフに顔を覚えさせる。あなたはシネコンのサイトを観察しながら作品や座席の絞り込みを行った。事前に出向いてシミュレーションも試みた。

そんな二月半ば、とあるニュースが報じられた。世界的規模で流行しつつある新型のウイルス感染症によって、日本で初の死者が出たと。

年が明けたころから、噂は聞こえていた。怖がりつつもどこか、別の国のできごとに感じていたのかもしれない。そんな思いをあざ笑うように、正体のわからないウィルスが世の中を変えた。空気感染だ、いや飛沫感染だ、接触感染が危ないなどなど、具体的な仕組みが判明しないこともあり、人々は萎縮していった。

シネコンはすぐには閉まらなかったけれど、客足は減った。人ごみに紛れてアリバイを作れる状況ではなさそうだ。とすると物理的なトリックか。しかしあなたにそんな知識はない。青酸カリをカプセルに入れて、仕込みと死亡のタイミングをずらすのはどうだろう。けれど基規に常用薬はない。いっそ誰かを巻きこもうか。――だが、誰を。

あなたが悩んでいる間に、会社は早い段階でリモートワークをスタートさせた。海外のニュースでも見た、ネット越しのやりとりだ。あなたの属するマーケティング部も出社は当番制となって、各自が自宅で仕事を進めることになった。基規と会うことも叶わない。

「仕事ができるだけいいじゃないか。現場部署はただの自宅待機で、給料が減額されるって話だ。というわけで今日だが――」

会社から貸与されたノートパソコンのモニターに、九分割された画面が並んだ。朝昼夕の定時連絡以外は各自で仕事を進める、と聞いていたけれど、意外とこのオンライン会議が多い。別部署にいる同期は、定時連絡だけだと聞く。あなたの部署が抱えているプロジェクトのせいだろうか。それとも課長である基規の方針だろうか。

過去に対面で集めたデータと、新たにネット上で集めたデータに差異があり、それをどう埋めるべきかが議題になっていた。埋めるもなにも、生活が変わったのだから人の意識も変わるだろう。上はそれが理解できないようで、差し戻しが何度も発生していた。基規が苛々《いらいら》している。

「だからデータの分析方法に問題があるんだって。やり方を変えてみたらちゃんとした結果が出るんじゃないの。有田《ありた》くん、ベテランなんだからそのぐらい思いついてよ」

「それは結論ありきでデータをいじれということですよね。おかしいです」

あなたは反論する。家に縛りつけられる生活に疲れていた。つい言葉がきつくなる。会議に参加していた同僚たちがまあまあとなだめ、コーヒーブレイクとなった。いつもは率先して飲み物の用意をしてくれる入社二年目の滝渕《たきぶち》は画面の向こう。それぞれが、自分で自分の分を持ってくる。

雑談タイムとなった。先日はコーヒーカップの話題で花が咲いた。そのまえは画面に闖入《ちんにゅう》してきたペットの話。プライベートの顔を見られるのはときに楽しく、ときにうっとうしい。どれだけ他人の生活に踏み込むか、踏み込まれてもいいか、許容できる域は人によって違う。

この日あなたが焦ったのは、自分の背後に映りこんだ棚だ。古いカーテンをかけて隠してあったのだが、コーヒーを運ぶときにひっかけて外れてしまった。

「有田さん、そのこまごまとした引き出し、会社のストック品の棚みたいですね。なにが入ってるんですか」

あなたが直すより先に訊ねてきたのは、駒井《こまい》という男性だ。太鼓持ちでお調子者、なにかというと首をつっこんでくる。

「なんでもないよ。会社の真似をしただけ。小分けしたほうが便利でしょ、食品も衣類も化粧品も」

「それは一緒にしちゃ駄目ですよ。においがつくし虫も湧きかねません」

唯一の既婚女性、久村《くむら》がたしなめてくる。

「あ、テプラが貼ってあるのが見えた。なんて書いてあるのかなー」

駒井が画面に顔を近づけてくるので、あなたは映りこみを避けるべくパソコンの向きを変えた。

そっと基規を窺う。彼はここに入っているのがなにか、想像がつくかもしれない。

しかし基規はこの話題に興味がないのか、大きなあくびをした。

「失礼。真夜中に救急車に起こされてさ。どうやら近所のおばあさんが死んだらしくて」

ええ？　と大声で反応したのは、やはり駒井だ。

「塩川課長、もしかしてそれって例の」

「違うよ。普通に病気みたいだ。心筋梗塞がどうとか窓越しに聞こえたな」

「噂で聞いたんですけど、実は心筋梗塞なんかの血管詰まる系って――」

「今はお葬式で集まるのも難しそう――」

駒井と久村の声が重なる。モニター越しなので聞き取りづらい。

「近所の人たちにはまいるよ。救急車のサイレンが聞こえたと思ったら、わーっと出てきて夜中だっていうのにひと騒ぎ。やっと眠れたのに、朝早くから外で、心筋梗塞だの狭心症だのと噂話。いつも家に籠もってるのに、なにか起こると出てきてさ、マスクをしてるからか距離を取ってるせいか、めちゃくちゃ大声なんだから」

さあそろそろ休憩は終わり、と基規が号令をかけ、踊る会議が再開された。

〈それやばーい。しかもテプラなんて貼ってちゃダメでしょ〉

スマートフォンの液晶画面に、「まいまい」の発言が現れる。

〈でも同僚に家の中を見られるなんて、こんなことになるまで想像しないよねえ。こっちの仕事、今も会社には内緒っしょ？〉

「サニー」の発言の吹き出しの元にあるアイコンは、朝日が昇らんとする富士山だ。近所で撮影したらしいが、静岡側か山梨側かさえ聞いていない。

あなたと彼女たちとのつきあいは、三、四年ほどになる。本名も住所も知らないネット上の友人だ。積極的にネットの海に飛びこむ気はないあなただけど、同好の士とは情報交換もあってつながっている。その同好こそが手作り雑貨、ハンドメイドだ。最初はネット上の交流サイトでつきあっていたが、やがて気の合う仲間とクローズドなSNSに移動した。

あなたは小さいころから手先が器用だった。お母さんの壊れたアクセサリーを直す。リメイクをする。そんなことをはじめとして、ビーズや天然石、金具を買い、オリジナルのアクセサリーを作るようになった。彫金《ちょうきん》や小規模な金属加工もできる。そんな人は世に多くいて、最近はネット上にハンドメイドマーケットが複数できていた。商売として生計を立てている人もいる。

あなたは仕事もあり、そこまでのめりこんではいない。勤めている会社は副業禁止なので、ばれないように気をつけてもいた。たとえば取引には、匿名で利用できるマーケットとできないマーケットがある。運営側に手数料を支払って買い手への担保とすることで、送付時に住所氏名が伏せられるマーケットを、あなたは選んでいた。同じ会社の人から注文が入らないとも限らないからだ。収益よりも安全第一だ。

実は別の理由でも、周囲に内緒にしていてよかったと思っている。

合鍵だ。

基規の家の合鍵を、腕を生かしてこっそりと自作していたのだ。彼を殺そうなんて思ってもいないころ、お守りのような、ふたりがつきあっている証のような気持ちで作った。

映画館をアリバイにしたあと、それを使って彼の家に入るつもりだった。計画は流れてしまったけれど。

〈真珠《しんじゅ》さんのアクセサリー、とてもかわいいし、大好きです。もっと積極的に売れればいいと思うんですよ。この自粛期間を機会に、ほかのところにも登録してはどうでしょうか〉

丁寧な言葉遣いで、「空色小鳥」が発言する。アイコンは水色のセキセイインコ。他界した愛鳥らしい。

——真珠。

それがあなたのハンドメイド界での名前だ。環の名前から連想した最も美しい玉の名前にした。まいまいもサニーも空色小鳥も、実生活から切り離された名前だろう。とはいえ彼女らは、匿名では利用できないマーケットにも登録しているので、買い手には住所を知られている。まいまいは陶芸展にも応募するセミプロで、空色小鳥は子供服の界隈では人気らしい。

いざとなったらその手もあるかな、会社の状況次第だけど。そう思いながら、あなたはペンチを握り、声でスマホに入力をする。机の上には、ビーズに針金、ニッパーなどの道具が並んでいる。さっき画面に映りこんでしまった棚に入っていたものがこれだ。

〈在宅勤務っていっても、意外と仕事あるんだよー。通勤時間の分をこっちに充《あ》てられると思っ

たのに〉

〈てことはお給料もらえてるんだよね。羨ましい。うちのなんて失業状態。朝からマスク買うためにドラッグストア並んでる〉

まいまいの発言が画面に浮かぶ。咳やクシャミによる飛沫が感染経路と考えられたため、さまざまな店からマスクが消えていた。いつ売り出されるかわからないまま、人々はドラッグストアに並び、高額の転売も横行していた。まさか、まいまいも転売目的で？　と思ったあなたと同じことを、サニーが訊ねていた。

〈やだ、違う違う。うち、おばあちゃんが介護施設で働いてるの。なのにマスクを支給されないんだよ。六十代が八十代を看《み》てるってどんなー、だよね。本人辞めたいって言うけど、ダンナの収入なくなったし、あたしもスーパーのバックヤードでバイトはじめた〉

〈スーパーにはマスク入らない？〉

〈ないんだよー〉

〈作ったものじゃだめ？〉

〈あたしの分なら、バックヤードだからいいかも。でも針仕事苦手〉

〈もしもし？　ハンドメイドとは〉

〈あたしが作ってるのは器だって〉

サニーとまいまいの会話がぽんぽん続く。このふたりはやりとりのスピードが早い。

〈私が作ったものでよければ送りましょうか。フィルターになる不織布もつけますよ。もちろん無料でいいですよ〉

空色小鳥が発言した。喜びを表すスタンプが、次々と画面に現れる。

〈いいの？　じゃあ白いのがいいな。色付きだと見るからに布だから、クレームが心配〉

〈空色小鳥さん、プロだもんね。ワタシも頼んでいいかな。子供向けのがほしいの〉

まいまい、サニーと続く。

〈真珠さんにも送りましょうか〉

うーん、とあなたは考えこんだ。マスクくらいなら自分で縫える。しかし場のノリを壊すのも悪い気がする。もらっちゃえもらっちゃえと、まいまいが画面上で騒ぐ。かたつむりを象《かたど》ったイラストのアイコンには、雨粒も描かれている。あなたにはそれが涙のように見えた。自分が断らないほうが、まいまいは気が楽になるのではないだろうか。

〈じゃあお願い。わたしは大人ひとり分で〉

両親の分もと考えないではなかったが、それは自分で作ればいい。空色小鳥のストアを見たところ、最近はマスクも扱っているようだ。そちらに正規の料金で注文してもいい。

〈エレガントなものにしますね。真珠さんがアイコンにしているバレッタに合いそうなのがあります。あのバレッタ、本当に素敵です。真珠さんの雰囲気に合ってますよね〉

空色小鳥から返事がきた。

そう言われてあなたは、複雑な気分になる。模造真珠をちりばめて作ったお気に入りのバレッタで、まさに自分を象徴する作品だ。ただ基規と会うときにいつもつけていたから、今は見るのも嫌でしまいこんである。とはいえ、ハンドメイドマーケットでのアイコンは目印だ。やめるにやめられない。

在宅勤務の日々は続いた。

不自由だが、あなたはそんな生活にも慣れてきた。それは同僚たちも同じだろう。服装がラフになり、化粧が薄くなっていく。はやりのオンライン飲み会も行われるようになった。最初は全員でやっていたが、なんとなく男女が分かれた。

「だって給湯室のおしゃべりというか、ランチどきの息抜きというか、そういうのが欲しいんです―。会社だから百パーのプライベートは無理だけど、飲み会まで男の人に気を遣いたくないんです」

あどけない顔の滝渕が、缶ビールからじかに飲む。

「ランチ休憩は潤いだもんね。ごはんだけじゃなく場の空気が」

富永《とみなが》も画面の向こうでうなずいている。富永は入社して四年になるが、滝渕が来るまでは、最も後輩の位置にいた。今の滝渕と同じように気を配っていた。

「オンライン会議の画面って、全員の顔が同時に見えるじゃない。ふたりがどれだけ周囲をフォローしてるか、よくわかった。そりゃ疲れるよね」

あなたは声にいたわりをこめる。有田先輩―、と滝渕が嬉しそうに笑う。

「私も。若い子たちに気を遣わせてたなって、反省したよ。ごめんね」

久村が言い、三尾《みつお》が同じく、と片手を上げる。既婚者の久村とあなたは三十代で、昨秋に転職してきた三尾は四十代だ。一番の新参者だが、さすがに年上に雑用は頼めない。

「あたしが言うのはアレだけど、こういう状況になるといろいろ見えてくるね。塩川課長、ヒラメだなとか」

三尾の発言に久村とあなたは笑う。滝渕と富永は意味がわからないようだ。久村がつまりと話しだす。

「上にしか目がついていないってこと。上司の顔色だけ窺って、下は無視」

「わー、それだ！　あと駒井くんもなんだかなー、です。その服パジャマ？　って言われたんですよ。そんなわけないし、そんなこと言うの、セクハラですよね。塩川課長もにやにや笑ってるし。超気持ち悪かったです」

「え？　滝渕さん、それいつ？　気づかなかった」

あなたは問う。三尾も驚いた顔になっている。

「あたしも気づかなかった。あ、その顔見るに、久村さんも？」

久村がうんと答え、滝渕と富永が気まずそうに下を向いた。富永が口を開く。

「分科会です。先輩方がいらっしゃらないチームのときに」

それはひどい、まさに下の人間を軽んじている、とあなたたちは盛りあがる。部長にチクろう、と。

「けど実害はないし、我慢できなかったらネット回線のせいにして画面切っちゃえるし、家での仕事って気楽でいいなあって思います」

滝渕が二缶目のビールを空けた。そのまま三缶目に手を伸ばす。意外と酒豪だなと、あなたは目を瞠《みは》る。と、久村の画面に子供が入ってきた。こんにちはー、と全員が声をかける。こんばんはでしょ、とつっこみが加わる。三尾が目を細めた。

「二歳でしたっけ、かわいいですね」

「いいなあ、子供。わたしも結婚したい。ていうかカレシ欲しい。家でひとりはさみしいよー」

「滝渕さんあなたさっき、家は気楽って言ってなかった？　どっちなの」

「有田先輩細かい」

「同時成立するんですよー！　って、富っちはいいじゃゃん、営業部にカレシいるし」

「やだ、バラした」

ひゅーひゅー、と三尾がはやしたてるので、あなたも倣《なら》う。

「だけど外出自粛で全然会えなくて、さびしいです」

富永の声が沈んだ。あー、とみんなで嘆息する。

「恋人同士でもダメなの？　お互いに健康なら会ってもいいんじゃない？」

あなたは訊ねる。みなが首をひねっている。誰にも正解がわからない。

「今の行動の結果が二週間後に出るとか、二週間後の未来のためにとか、最近あちこちで聞くよね。二週間後になにが起こっても受け入れられるなら会う、って考えはどう？」

三尾が言った。なるほどー、と滝渕がうなずく。

一理ある、とあなたも思った。

海外からの帰国者や感染者と濃厚接触したものには、原則二週間の自宅待機が求められていた。それだけ経って発症しなければ、新型ウイルス感染症にかかってないと思っていいらしい。

「あたしと彼だけならそうしたいけど、うち、おばあちゃんがいるんですよ。高齢者は感染リスクが高いっていうから、避けたほうがいいかなって」

「わかる。わたしも実家に帰れないままなんだ。親の歳を考えて」

あなたはそう言う。おばあちゃんの法要も欠席するしかなかった、とさみしく感じる。

「富っち、いっそ結婚しちゃえー。あー、わたしも結婚したい。いい男と巡り合いたい。うちの部署の男以外の男と話がしたいー」

話が戻った。滝渕はだいぶ酔ったようだ。

「寝かしつけがあるから私は離脱するね」

久村が画面から退出した。翌日は土曜日とあって、残りのメンバーは遅くまで飲んだ。酒の肴《さかな》は、部内の男性陣の悪口だ。リモートワークのせいか、基規から離れたせいか、彼の本質がよりわかってきた。上の人間に媚《こ》び、下の人間にマウンティングを取る。口先だけの言葉で他人を動かす。他人は上手に利用するものと考えているのだ。あなたも利用された。自分は愛されている、その思いがあなたの目をくらませた。でもそれは、見せかけ。

別れて正解だったのかもしれない。そう思った。

離れているうちに、基規への殺意が薄れてきたような気がする。

あなたの心の針は、一時待機から熟考へと動いた。なかったことにするのは腹立たしいけれど、基規本人を消さなくても、気持ちのなかから消し去ってしまえばいい。

二日酔いからようやく復帰した土曜日の午後、空色小鳥からマスクが届いた。レース模様のプリントで上品だ。自分はこういうイメージなのだろうかと、あなたは嬉しくなる。

実際のあなたは、童顔で小柄と、子供っぽい見かけだ。けれどそのマスクをつけると、大人びて別人のようだった。

早速お礼を、とSNSにアクセスすると、すでにまいまいとサニーが、届いたマスクで盛りあがっていた。写真までアップされて、称賛の嵐だ。

〈空色小鳥さん、すごい。これ超売れるよー。あたし宣伝する〉

〈うちに届いたのもかわいかった。しかも肌あたりが柔らかいの。子供も大喜び〉

まいまいとサニーの文章はハートマークでいっぱいだ。

〈ありがとう。だけどみんな自分で作れるようになってきてるから、そろそろ売れないでしょうね。型紙も出回っているし〉

空色小鳥はあいかわらずおっとりしている。

〈でも材料が手に入らないって話も聞くよね。糸とかゴムとか。空色小鳥さんのところはだいじょうぶ？〉

あなたは訊ねる。あなたもマスクを作ろうと思ったが、耳かけ用のゴムが手に入らなかった。ネットはもとより、百円均一ショップも大手の手芸店も品切れだ。手芸店は、人が集まっていて怖いぐらいだった。そういえば基規の家の近くの寂れた商店街にある、これまた寂れた手芸店はだいじょうぶだろうか。古い店のおかげか掘り出し物が残っていて重宝した。クラシックな貝ボタンを、ペンダントとピアスのセットにしたら高額で売れた。店番は、ちんまりしたおばあちゃん。あんな店に客が押し寄せたら、さぞ大変だろう。

〈在庫があるけれど、それがなくなったら休業かしらね〉

嘘、驚き、そんなスタンプがまいまいとサニーから届く。あなたも、ショックと送った。

〈新しい服の注文も入らないしね。卒園式や入学式もないぐらいだもの〉

〈器を買う人も減ってるかんじ。気分を高めるために買う人が、いないでもないけれど〉

まいまいが発言する。

〈ワタシらみたいな小物類、アクセサリー関連もだよね、真珠さん。みんなお出かけしないもんね。むしろ作って売る人のほうが増えてる印象ない？　時間余ってるのかな〉

サニーに問われて、そうだったっけ、と戸惑う。あなたはハンドメイドマーケットの状況をそれほどチェックしていない。平日は仕事をしているし、収益よりも安全第一、売るより作るほうが楽しい。

〈品物が売れないなら材料を売ればいいんじゃない？〉

まいまいの提案に、空色小鳥から、いいね、とスタンプが届いた。続けてフキダシ。

〈布も売れるよね〉

〈もちろん。でも空色小鳥さんが作る服のほうが、何倍もお金になるのに〉

と、サニーが残念がる。空色小鳥が綴《つづ》る。

〈でも作れないし。あ、今はね〉

〈そうだね。需要と供給を考えると、今は材料を提供するほうがいいかも〉

あなたも発言する。現在の売上高だけ考えるなら、という条件つきだけど。自分はそこまで逼《ひっ》迫《ぱく》していないから、今ある材料を売るつもりはない。

スマホの液晶画面に、三人の愚痴が続いていた。ところどころ口を挟みながら、あなたはアクセサリー製作を進める。文章のやりとりだからこその利点だ。

画面の上から、ふいと通知が現れた。メールが届いたようだ。今まさに、作っているペンダントの依頼者からだ。なんだろう、と確認して、あなたは愕然とする。

「キャンセル？」

うそー、うそー、と声にも出た。そこまで逼迫していないと、思ったばかりの言葉を否定する。たしかに首が絞まるほどじゃない。だけど材料費だってかかるし、時間だって無駄になったし、今、ストアに置いている作品が売れるとも限らないし、これはやばい。

〈真珠さん、いる？〉

サニーに呼びかけられていた。三人の会話はすっかり進んでいて、すぐに追えない。

三人の愚痴は生活まわりへと移っていた。まいまいはバイト先のスーパーに、勤務時間を増やされたそうだ。家事に仕事に、いっぱいいっぱいだという。サニーも子供がずっと家にいて、食費に頭を悩ませているという。空色小鳥は独身なのでその心配はないけれど、街の空気がぎすぎすしていると語る。休業要請に応えた店と応えない店があり、悪口が聞こえてくるのだと。あなたはどのケースにも当てはまらないので、正直、それらの話題に興味はない。用ができた、と書いて離脱することもできる。けれど、あなたも愚痴を聞いてほしい気分だった。

〈ごめん。今、キャンセルの連絡がきて、固まっちゃってたの〉

〈キャンセル？　それはつらいね〉

〈うわー、耐えてー〉

まいまいとサニーが慰めてくる。空色小鳥からも涙マークのスタンプが届く。

〈明日は我が身かもしれないよ。みんなも気をつけて〉

あなたの返事に、だよね、負けずにがんばろう、そんな言葉が画面に並ぶ。

真珠さんのアクセサリー、とてもかわいいし、大好きです。もっと積極的に売れればいいと思うんですよ。空色小鳥にそう褒《ほ》められた日から、たいして経っていない。いざとなったら、などと思ったあなただけど、世の中は甘くない。


あなたの出社当番の日だった。

久しぶりの通勤電車は乗客が少なく、路線を間違ったかと思ったほどだ。もしくはSF映画で、人が死に絶えた街に取り残されたものがどこかに逃げようとするシーン。でも死の街にしては清潔で、電車の時間も正確だ。むしろコンピュータで完全制御された街のシーンかも。

ビルが並ぶオフィス街も、晴れているのに寒々しい。歩いている人はみなマスクをつけ、表情がわからない。ロボットが紛れ込んでいても気づかないだろう。いや、コンピュータで制御された街に紛れ込んでいるのは、人間のほうかもしれない。

ふいに怖くなって、あなたは鞄の中でスマホを握る。防犯ブザーのアプリが入っているのだ。いざとなればこれを押す。そうすればサイレンの音が鳴り響く。

会社のビルに入り、やっとほっとした。社員証をかざして通るゲートで、挨拶の声をかけられた。ゲートは駅の改札にも似た機械だが、警備員が立っている。

「大変ですね、お疲れさまです」

あなたがそう言うと、警備員が制帽のまま頭を下げた。マスクに制帽、制服。会社の近くのコンビニで会ったとしても、誰だか気づけないだろう。

マーケティング部の部屋にはあなたひとりしかいない。朝の定時連絡を会社のパソコンから行った。今日のオンライン会議は短くしようと基規が提案し、実際、すぐに終わった。ラッキー、とあなたは思う。会社でしかできない仕事をこなし、ランチは久しぶりに外食しよう。どこかに営業している店があるはずだ。

取引先にもリモートワーク中と連絡してあるから、電話はめったに鳴らない。快適快適、とあなたは仕事に集中する。

電子化していない古い資料を探しに、部屋の奥に並ぶ棚に向かったときだった。

「がんばってるね」

ふいに声をかけられ、あなたは振り返った勢いで棚に肩をぶつけた。退路をふさぐように基規が立って、向かい合う二本の棚の段に両の手を置いている。

「どうして？　自宅勤務じゃ……」

「資料が必要になったから会社でやろうと思ってさ。うちの近所の商店街でパンを買ってきた。応援の意味もあってたくさん買ったから、一緒に食べよう」

「なに言ってるの」

「なにってなにが？　いやー、大変だよ、飲食店業界。居酒屋が弁当売ってるんだよ。でもほら店によっては、つまみにはなっても副菜がなくて弁当さえ作れないところがあるじゃない。うちのあたりだと角の焼き鳥屋がそうなんだけど。あそこは閉めちゃってるんだ。どっちも美味しいのに格差ができちゃってるんだよねー。この先不安だね」

「そんな話を訊いてるんじゃないの。なぜここにいるの。ちょ、ちょっと、近寄らないで」

基規が棚と棚の間を進んでくるので、あなたは後ずさる。背後は窓だが、ここはビルの十階だ。

「三密とかいうアレ？　窓を開ければ換気できるし、いっそ見せつけてやろうよ」

「見せつける？」

基規がさらに一歩を寄る。あなたの背中が窓に当たる。

「巣ごもり消費で、サブスク配信の売上げが伸びているんだって。みんなビデオを見て過ごすんだ。エロコンテンツも人気だってさ。オフィス街の情事、いいんじゃない？」

基規はあなたの肩に手をかける。

「バカ言わないで。婚約者にチクりますよ。取引先のお嬢さんだよね」

「それが聞いてよ。パアになっちゃったんだ」

「は？」

「この状況だろ。一ヵ月ほど会えないでいたら、熱が冷めちゃったって言うんだよ。ひどいよね。だから慰めてよ」

基規は手をあなたの髪へと移した。その感触に、あなたはぞっとした。以前はそうされるのが嫌いじゃなかった。髪を撫でたあとお気に入りのバレッタを外されるのが、ベッドインの儀式にもなっていた。けれど今は、蛇が頭を這っているかのようだ。

「離して」

「いいじゃない、また仲良くしようよ」

「離して！」

あなたは棚に入っていた太いファイルを取って、角を基規の腹に押しこんだ。ぐえ、という声が漏れ、基規の腰が引ける。

基規の足を思いきり踏んだ。よろけたすきに、基規の脇をすり抜け、デスクまで戻った。鞄を取って部屋を出る。残りの仕事？　知るものか。基規が片づけるだろう。

そうはいっても、根が真面目なあなただ。ビルの外でようすを窺っていた。

三十分もしないうちに基規が出てきた。つまらなそうな顔のまま腕時計をちらりと見て、駅への道を急いでいる。

仕事はどうしたんだろうと、あなたは訝《いぶか》る。資料が必要になったから会社でやろうと思ったと、あれは言い訳か。もしやオンライン会議を切りあげたのも、自分が会社にいるからだったのでは？

あなたはそう考えながら、距離を保って基規のあとを行く。一歩、また一歩と、歩みとともに怒りが増える。

基規に別れを告げられて怒りがこみあげたのは、悔しかったからじゃない。裏切られたからでもない。基規が自分のことを都合のいい人間として扱ったからだ。基規はあなたを持ちあげて利用し、必要がないとみるや棄てた。まるで玩具だ。今また同じことをした。駒として自由に扱える奴隷とでも考えているのではないか。

あなたに殺意が湧きあがる。その辺の石でも頭に叩きつけてやろうか。基規は赤い血にまみれ、のたうち回るだろう。基規のもがく姿を見てみたい。どんなに痛快なことか。

駅の手前であなたは立ちどまった。頭を軽く振って、妄想を振り払う。

基規を殺す。でもそれは今じゃない。こんな街中で実行したら捕まってしまう。だいたい、このあたりに石など落ちていない。

もう一度計画を練らなければ。


あなたは基規の先妻と、婚約者のことを調べることにした。

彼女らと基規の間にトラブルがあったなら、利用できると思ったからだ。とはいえ自由に外出ができないこの時世、ネットにSNS、会社に残るデータしか使えない。

先妻は、基規の転勤先の同僚だが、派遣社員だったので会社のデータには名前程度しか残っていない。それでも社内報のアーカイブを探すと、写真があった。それを見て、あなたは複雑な気分になった。どことなくあなたに似ている。具体的なパーツではなく、幼げに見えるところが共通しているのだ。基規は、顔立ちや雰囲気で女性を選ぶのだろう。

写真ではおとなしそうな印象だが、名前から辿りついたSNSによると、かなり行動的な人だった。離婚後に大学院に入り、現在、アメリカに留学中。ロックダウンに遭遇して大変そうだが、そのようすをｎｏｔｅというネットメディアで配信している。理知的な文章にあなたは感心した。きっと、この人は基規より頭がいい。

先妻のことを、最初は従順だったのにわがまま放題で騙された、と基規は言っていたが、離婚の理由はそうではないはずだ。基規は上位に立つのを好む。表面的なようすだけ見て、基規はこの人にマウントを取ったのだろう。けれど実際にはそうできなくて、関係が壊れていったのではないだろうか。基規もどこか変わった。入社したころの彼は、今のような人じゃなかったと思う。

すべては想像にすぎないけれど。

婚約者は、取引先の社長令嬢だ。あなたは自分が傷つくのが嫌で、今にいたるまで彼女のことを調べていなかった。現実を見なくては、と、歯を食いしばる思いで調べると、この新型ウイルス感染症による自粛の影響で、会社の経営が危なくなっているとわかった。

基規は、向こうの熱が冷めたと言ったが、状況の変化を見て基規から関係を切ったのではないだろうか。

こちらもSNSが見つかった。写真を中心としたSNSだ。見映えがするいくつもの写真に、結婚への希望を綴る言葉が添えられていた。交際期間はかなりあなたと重なっていたようだ。胸が苦しくなる。しかし外出自粛が要請されたころから、彼女の写真と言葉が色褪せていく。最後には、人生を見つめ直すという悟ったような文章に涙の顔文字マークが続き、友人らしき人物から、もっといい人が現れるよと慰められていた。たしかに、結婚の話はなくなったようだ。その点だけは、基規も本当のことを言っていた。

彼女が別れを切りだしたのか、基規が利用価値がないと切り捨てたのか、そこはわからない。ただ、彼女もまた幼げな顔立ちだった。


ゴールデンウィークが過ぎても緊急事態宣言は解除されず、あなたたちがやってきた仕事も、この先に生かされるかどうかわからなくなってきた。それでもなにかしらの調査や分析はある。

オンライン会議で、基規はあなたへの態度を変えない。先日のことなどなかったかのようにふるまっている。あなたもそうした。同僚に殺害の動機を見せるわけにはいかない。

殺害方法は毒殺。それは変わらない。青酸カリの入手ルートはつかめないはずだ。効果が衰えていないことは、ホームセンターで買ったモルモットで実証済み。ごめんなさい、と謝りながら、青酸カリを仕込んだ餌を食べさせた。容器も、万が一調べられたときのことを考えて、濃紺の小瓶から要らない口紅のケースを細工したものに代えた。

殺害場所は基規の自宅。作った合鍵はまだ捨てていない。それを使わなくとも、身をゆだねにきたとでも言えば、中に入れてくれるだろう。

問題は、その間のアリバイだ。交通系ＩＣカードに記録が残らないよう、移動には自転車を使うつもりだが、あなたの家から基規の家まで、二十分はかかる。基規の家での行動まで考えれば、一時間は必要だ。

「おい、有田くん。聞こえてるのか。おいっ」

画面の向こうから、あなたを呼ぶ基規の声がする。あなたが考えごとに気を取られているうちに、なにか質問されていたのだ。

「すみません。もう一度お願いします」

「寝てたのか？　いくら家だからって、仕事中という緊張感を持ってくれよ。三尾さんも、猫と遊ぶんじゃない」

「猫には人間の言葉がわからないので、言い聞かせようがないんですよ」

三尾のとぼけた返事が気に入らなかったのか、基規が自分のデスクを叩いた。大きな音がパソコンから聞こえる。みなが眉をひそめるなか、駒井だけがニコニコとしている。

「駒井？　聞いてるのか？　音声をオフにしてるんじゃないだろうな。誰か、電話して。滝渕くん、きみ、当番で会社にいるよね。そっちから電話してくれ」

はい、と滝渕が答える。しばらくしたあと、駒井の回線が落ちた。ほどなく画面に復帰した駒井が平身低頭、謝っている。

「すみません。ネットが調子悪くて。マンションのほかの住人もリモートワークしているんだと思います」

「だったらわかった時点で伝えるべきだろ。……ああ、もういい。今日はおしまい。夕方の定時連絡もなしでいい。各自リフレッシュして、来週からがんばってくれ」

基規が宣言し、オンライン会議が終了した。おつかれさま、なんかヤな感じだね、そんな文字があなたのスマホに浮かぶ。会社にやりとりを知られないよう、最近は女性部員だけでメッセージアプリのグループを作っていた。オンライン飲み会の連絡もここにくる。当然のように、今夜飲もうよという流れになった。


飲み会の名を借りた不満ぶちまけ会がはじまった。我々はいつ家から出られるのだろう、仕事はどうなっていくのだろう、いつもならあるはずの春の人事異動もなくなった、これ以上塩川課長の下で働きたくない、そう盛りあがる。

子供のいる久村は、ときどき席を外した。無理しなくてもいいよと声をかけたが、私にも言いたいことがあるからと四分割の画面に戻ってくる。

四分割。女性のメンバーは五人なので、ひとりいないのだ。

「滝渕さん、どうしちゃったかな。残業なんてことはないよね」

三尾が富永に訊ねている。

「電車の遅延も、今、ないですしね。電話してみます」

「そういえば今日の駒井くんさ、あれ、パソコンの前にいなかったんじゃない？」

「久村さん、それどういうことです？」

あなたは訊ねた。

「うちが利用しているオンライン会議システム、設定画面で画像を選んでバーチャル背景に変えられるじゃない。あれ、動画も選択できるんだよね。それらしい映像を撮ってリピートで流して、空返事しながら遊んでたんじゃないかなって思ったの」

「えー、面白い」

富永がまさに空返事をして、電話をかけている。滝渕はまだ出ないようだ。

あなたははたと気づいた。その手を使えば、オンライン会議に出ているふりをしながら別の場所に行けるんじゃないかと。だけど一時間も不在のままでいられるだろうか。

「え？　ちょ、ちょっとだいじょうぶ？　滝渕？」

富永がスマホに向けて大声を出した。どうしたのと、パソコンからは三尾の声もする。

「……あの、泣いてて。声も、変で」

えー？　と、久村の困惑の声が加わる。あなたも同じ言葉を発している。

ふいに、四分割だったモニターに五つ目の枠が現れた。滝渕だ。カメラに近寄りすぎて、鼻だけが映っている。真っ赤だ。

「なにがあったの滝渕さん。だいじょうぶ？」

久村が呼びかける。富永も三尾もあなたも、息を吞んで返事を待つ。

「だいじょうぶじゃありませーん。でもなにもなかった。なかったんです。だからだいじょーぶー」

富永の言う「声が変」とは、ろれつが回っていないという意味だったようだ。酔っている。滝渕が身体を引いたときにノートパソコンのカバーが動いたのだろう、カメラが下を向き、ビール缶の散乱する机の上が見えた。

「だいじょうぶじゃないけどだいじょうぶって、どっちなの？　そう言ってつっこんでよ、有田さん」

三尾があなたに話を振ってくる。以前、滝渕に対してそんなようなことを言ったからだ。けれどあなたは声が出ない。まさか、という思いにとらわれている。滝渕は、童顔だ。

「あー、わたし会社辞めたい。辞める。やだ！」

滝渕が大声を出す。落ち着いて、と富永がなだめる。

「ありえ、ありえますか？　会社、会社にいたら、塩川課長が突然現れて、それで、それで……」

滝渕が泣きだす。あなたをはじめ、四人が画面を見つめている。

「なにをされたの？」

口火を切ったのは久村だ。滝渕がしゃくりあげながら、答える。

「……なにもです。結果的にはなにもなかったんです。でもすぐ目の前まで顔も身体も近づけられて。……言われた。上は人員削減を考えている、候補をあげてくれと言われたって。この意味、わかるよねって。わたし、わかりませんって答えて。本当にわからないのって訊かれて、でもわかりませんって言い張って」

あのときも、基規は突然現れた。今日はおしまい、夕方の定時連絡もなし。基規がそう言ったときに気づけばよかったと、あなたは思う。そうすれば注意するよう滝渕に伝えられたのに。

「部長に言いましょう。セクハラです」

三尾がきっぱりとした声で言う。画面の中で、滝渕が首を横に振った。

「誤解しないようにって、……帰り際に言われた。僕は現状を説明しただけ、滝渕くんが考えることだよって」

「忖度《そんたく》しろってことじゃない。じゅうぶんセクハラでしょ」

三尾が食い下がるが、さらに激しく滝渕が首を振る。

「……だって、証拠ないもん。誰も見てない。そんなつもりで言ってないって答えられたらおしまいじゃないですか。……あー、もうやだ、とても一緒に仕事できない。永遠に会社がはじまらなきゃいいのに。さもなきゃ辞める」

滝渕が缶ビールを一気に飲む。そんなふうに飲んじゃだめと、みなが止める。

「辞めたら相手の思う壺だよ。辞めるべきは向こうだよ」

あなたは言った。滝渕以外の全員がうなずく。

「そういえばあの、カレに聞いたんだけど……」

富永が言いづらそうに口を開き、そのまま黙ってしまう。久村に促されて続けた。

「塩川課長、婚約破棄になったたって話、知ってます？　なんかあれ、この自粛で婚約者に会えなくなってて、それで風俗に行ったらしいです。それがバレたって」

はああ？　と呆《あき》れた声が重なる。

「今、営業してるの？」

「わかんない。でもそこで働いてる人も収入は必要だよ」

「それはそうだろうけど、だからって行く？」

「カレも、オンライン飲みで聞いただけの噂話みたいですが」

久村と三尾が現実的な話をし、富永が不確かな情報だと鈍く答える。滝渕は無言のまま身を震わせていた。滝渕もあなたも、欲望のはけ口にされそうだったのだ。

「最低」

同じ言葉をみなが口にした。いっそうの悪口合戦となる。どうすれば正義の鉄槌を食らわせることができるだろう、罠にはめて録音してやろうか、人員削減なんて脅しは卑怯だ、さらにアルコールが進む。

「あいつ殺してやりたい！」

滝渕が吼《ほ》えた。ビールのタブを勢いよく開けている。殺せ殺せー、と三尾が赤い顔で煽《あお》る。

「そういえばさっき、今日の駒井くんの話してたんだよね。彼、パソコンの前にいるふりして、リピートで自撮りの映像流してたんじゃないかって。それやったら、こっそり殺して知らんぷりできるんじゃない？」

久村さん、言っちゃダメ。あなたはそう叫びそうになった。みんなが知ってしまったら使えなくなる。一時間の不在は難しいけれど、どうにか応用できないかと思っていたのに。

「あはは、無理ですよ、無理無理ー」

滝渕が笑い飛ばした。

「殺されるほうはどうなるんです？　わたしはその動画で別の場所にいるふりができますよー。けど、向こうは普通にパソコンの前、カメラがあるじゃないですか」

「そういえばそうね」

「殺人を実況中継で見るわけね。面白そう」

三尾が物騒なことを言い、富永も笑った。あなたも酔ったふりをして笑う。この手はやはり無理だろう。警察に問われたら、みんな今夜の話を思いだす。

「アリバイなら安心して、滝渕。あたしと一緒にいたことにしてあげるからー」

富永が、画面越しに両腕を広げてハグの真似をした。

「でも逆に、そっちのほうが不自然かもしれないよ」

久村がそう言いながら考えこむ。どういうことかと三尾がつっこむ。

「だってみんながステイホームで家にいるわけでしょ。滝渕さんと富永さんが会っている理由を作るほうが大変そう」

「たしかにー。でもありがとー、みんなー」

滝渕が画面に投げキスをする。かわいいー、とみながはやし立てる。あ、と富永が言う。

「そういえばカレ、こんなことも言ってた。塩川課長ってロリコンの気があるんじゃないのって。元の奥さんも、婚約者だった人も、童顔でかわいいタイプらしい。だから滝渕、かわいいは封印だよ。安全策として刈り上げパンクにするとかどう？」

刈り上げパンク、と笑いが起きた。

「じゃあ有田さんも気をつけなきゃ。あなたも童顔だし。三十代って聞いて、あたしビックリしたよ」

三尾の言葉に、あなたは愛想笑いを返す。基規と結びつけるような話はやめてほしいと思いながら。

「だけど三十代だし」

滝渕がさらっと言った。画面越しでも空気が凍ったのがわかった。みなが目を泳がせながら、フォローの言葉を探している。

「あ、童顔だけど、その、落ち着いてるから、そういうのには狙われなそうっていうか」

滝渕が自分で気づいてフォローに回った。あなたはなんでもないという顔をして言う。

「うん、そこは安心してる」


翌朝、滝渕から全員あてにメッセージが届いた。

〈昨夜は酔っぱらってめちゃくちゃなことを言いました。すみません。忘れてください〉

忘れてくださいというのが、あなたへの言葉なのか、殺してやりたいと吼えたことなのか、基規に迫られたことも含むのかはわからない。

けれど滝渕に起こったことは嘘ではないだろう。基規の脅し文句も、本当だろう。

上は人員削減を考えている。候補をあげてくれ。

どう見ても人は余っている。会社は、日本は、いや世界全体をみても、経済状況は悪い。アクセサリーの注文も全然ない。仲間たちとの会話は愚痴ばかり。両親も高齢だ。あなたの肩にのしかかっているものは重い。今、会社に切られるわけにはいかない。

基規を殺そう。

あなたは決意を新たにする。

基規が誰かを切るとしたら、滝渕よりもあなたが先だ。クビになりたくなければ言うことを聞けと迫った相手を即座にクビにしたら、反撃される。基規はそう考えるだろう。

滝渕の言葉にはむっとしたが、同時に、あなたと基規の関係には気づいていないと安心した。若手二人はあなたを問題外だと思っているようだし、三尾も表情から見てカマをかけたわけではなさそうだ。久村も、あなたが基規とつきあいだしたころは産休中だ。その後も仕事と家庭の両立に手いっぱいで、他人の恋愛に気を配ってなどいなかったはず。男性陣も、若手二人と同じような感覚ではないだろうか。

だいじょうぶ。疑われることはない。

あなたは自分に暗示をかける。

久村が言ったことも真実だろう。今は、みんなが家で過ごしている。家にいたことを証明できる人はいますか、と問われて、答えられるものはそういない。素人がややこしいアリバイを考えるのは怪我《けが》の元だ。しかもみんながマスク姿。ハンドメイド仲間の空色小鳥から送られたレースの模様のマスクをしたら、あなたは大人びて別人のようだった。当番で出社したときだって思った。警備員と会社の近くのコンビニで会ったとしても、誰なのか気づけないだろうと。

よし、決行だ。

それでもあなたは、念には念を入れることにした。

伊達メガネにプレーンな不織布マスクをつけ、髪を縛ってキャップに押しこむ。これなら街なかの防犯カメラに写っても、顔がわからない。服はジーンズとトレーナー。荷物をなにも持たないのは不自然な気がするから、雑誌の付録についてきた一度も使ったことのないリュックを背負う。ことが終わったら、全部処分しよう。自転車もカゴを換え、形状の違うハンドルにする。

アリバイはなくてもいいと思ったけれど、最低限のものは用意する。ハンドメイド仲間とのSNSだ。文章のやりとりだから、スマホがあればどこからでも送れる。防犯カメラのない場所で操作しよう。家でアクセサリーの製作をしていると言っておけば、少々返信が遅れても不自然ではない。

一点だけ不安があるとしたら、あなたの代わりに滝渕が疑われるかもしれないことだ。忘れてくださいとメッセージがきていたが、誰も忘れやしない。滝渕には動機がある、そう思われるだろう。申し訳ない。けれど青酸カリという殺害方法だ。入手方法が限られているから、滝渕が逮捕されることはないはずだ。

いざ、と自転車に乗り、ついた基規の住む街には、まったく人影がなかった。車さえも通らない。寂れた商店街はまさに死の街のようだ。パン屋や弁当屋と化した居酒屋はやっていると基規が言っていたが、夜だからかそこもシャッターを閉めている。顔がわからないとはいえ、これでは逆に目立ってしまう。帰りは別の道から戻ろう。

基規は家にいるだろうか。今日、土曜日の夜はいつも見ていたテレビ番組がある。その時間を狙ってやってきた。

灯りがついていた。音楽が漏れ聞こえている。男性アイドルグループの曲のようだ。

基規にこんな趣味があっただろうか、たまたまかな。あなたはそう思いながら、扉に手をかけた。もちろん手袋もしている。手袋もまた、今は不自然ではない。

鍵がかかっていた。記憶では、インターフォンに録画機能はついていなかったが、今はわからないので合鍵で解錠する。もしも内側にバーロックがかかっていたら声をかけるしかないが、基規はめったにかけない。

果たして、扉は開いた。音楽が大きくなる。

音はリビングからしていた。ときどき、なにかが軋《きし》む音が加わる。基規はそこにいるようだ。

あなたは足音を立てないように、リビングの脇にある台所へと向かう。冷蔵庫のなか、飲み物か食べ物に青酸カリを混ぜよう。

「くそっ」

基規の苛立つ声がした。開いたままの扉から、基規の裸の背中が見えた。首にタオルを巻いている。スウェットを穿《は》いた足元に、なにか白い棒のようなもの。

その棒を、箱に押しこんでいる。

箱——いやあれは、スーツケースだ。大きなスーツケース。

棒の正体は。

気づいたとき、あなたの喉が鳴った。

基規が振り向く。基規の背中で死角になっていたものが見えた。鬘《かつら》——ではなく、髪。髪には顔がついている。スーツケースから少しはみ出して、腕。さらにはみ出した、白い棒のような脚。

女の子だ。

「な、なにを、なにが、だれ」

あなたは自分がなにをしゃべっているのかわからない。基規が立ちあがる。

「ご、誤解だ。ご、強盗なんだ。か、か、金を盗られて、盗られるところで、だから」

「死んでるのよね？　……死ん……」

人形ではない。人だ。けれど人形のように動かない。目を見開き、ゆがんだ口を開けて。

「いや、だからこいつが、金を。ふ、風呂に入っている間に」

女の子が入っているスーツケースには見覚えがある。基規のものだ。もうひとつ、花柄の小さなスーツケースがリビングに転がっていた。リボンのついた白い鞄もある。そういえば玄関でピンクの色を見た気がする。室内のようすを窺っていて、よくたしかめなかったけれど。

ソファテーブルに食べ散らかしたコンビニの弁当がふたつ。お菓子とペットボトルがたくさん。床にだらりと落ちている毛布。もしや、とあなたは思い、少し冷静になる。

「その子、誰？　どこから連れてきたの？」

「いやだから、ただの強盗で」

「強盗と一緒にごはんを食べる？」

「僕が食べてただけ」

「お菓子は？　そういうの食べないよね。ペットボトルは？　その鞄は？　さらってきたの？」

「違う。い、行くところがないって言うから、かわいそうだから」

家出少女なんだろう。泊めてくれる人が現れるのを求めている、宿代の代わりに自分を提供する、そんな少女。ステイホームと言われても、家に居場所のある子ばかりじゃない。基規との間で、需要と供給が合致したのだ。

なにがあったのかはわからないけれど、お金を盗もうとしたのも本当かもしれないけれど、でも——

「黙ってろ。いいな。さもないと」

基規の手が、あなたに伸びる。

あなたは悲鳴をあげた。手に触れたものを投げつける。玄関を出て、走る。大声で叫ぶ。声が通るように、マスクを顎までずらして。

「誰か来て。誰か。殺される」

街は暗い。鍵を掛けていたせいで自転車には乗り損ねた。背後から、基規の足音がする。

まったく人がいない。車さえも通らない。死の街のような、寂れた商店街。

「誰かー。誰かー！」

ステイホーム。

みんな家に閉じ籠もっている。

だからって助けを求めているのに、誰も出てきてくれないなんて。

あなたは基規に追いつかれた。肩をつかまれ、引き倒された。伊達メガネが飛ぶ。キャップが脱げる。

はたと思いだして、あなたはポケットのスマホを握った。防犯ブザーのアプリを入れている。

死の街に、サイレンの音が響いた。

基規がひるむ。

いくつかの灯りがともった。あなたは立ちあがる。よろけながらも走る。あちこちで、シャッターの動く音がした。

あなたは再び叫ぶ。——助けてくださいと。

「だいじょうぶですか?」

誰かが走り寄ってきた。中年の男性だ。

「警察を呼んで。人が殺されてます。わたしを追ってきた人の家で」

ええっ? と驚いて、男性は周囲を眺めまわす。あなたも背後を確認した。基規の姿はなかった。あなたはやっと、ほっとする。

やがて本物のサイレンが聞こえてきた。


翌朝、基規の死体が隣町の公園で発見された。首を吊った痕に不自然さがないので、自殺だろうということだ。基規の家で死んでいた少女は、三週間ほど前から家出していたらしい。ふたりの間にあったことはもはやわからないが、少女の足取りや、残されたものなどから見て、あなたが聞いた基規の説明とあなたの話で間違いないだろうと、警察は言う。

基規が少女を家に泊め、関係を持ち、食事も与えたけれど、少女は金を盗って逃げようとした。激怒した基規がはずみで殺してしまい、スーツケースに詰めて遺棄しようとしたところにあなたが現れた、と。少女は、首を絞められていたという。

あなたはなぜこちらに？　という警察の質問に、仕事で、とあなたは答えた。書類を借りようと思ったと、そういうことにしておいた。あなたと基規の関係は知られていない。

あなたは基規の代わりにと、課長代行を命じられた。人員削減の話は、たしかにあった。けれど基規が死んだことでいったん保留となった。今のところは、だ。この先どうなるかはわからない。

やがて緊急事態宣言が解除されたのを受け、会社での勤務が再開された。まだ交代で出社する人数が増えた程度で、全員が職場に揃うのはもっと先だ。街ではみなが、混みはじめた電車にビクビクしながら乗る。今の状況は、二週間前の行動が作りだしたものだからだ。二週間という数字が疫学的に正しいかどうかはともかく、未来は誰にもわからない。


週末、突然の訪問者があった。

あなたは警戒したけれど、マスクの上からのぞくまん丸い目に覚えがあった。あのとき助けてくれた中年の男性だ。礼を言う。

だけど住所を教えただろうか。警察から聞いたのか？　いや、警察が教えるだろうか。

「プレゼントです」

そう言って男性が渡してきたのは、レースの模様のマスクだった。あなたはまったく同じものを持っている。

「……あなた、誰」

「板東《ばんどう》手芸店の板東です」

基規の家の近くの寂れた商店街にある古い手芸店が、そんな名だ。掘り出し物が残っていて重宝した。クラシックな貝ボタンを、ペンダントとピアスのセットにしたら高額で売れた。

「でもあの店にいたのはおばあさんで」

「それは母です。他界しました。感染症でじゃないですよ。心筋梗塞です。ま、最近はもしやという話も聞きますが、検査はしないままです。同居の僕はなんともありません」

あなたは思いだす。いつだったか、近所のおばあさんが亡くなったと、基規が言っていた。

「母は生前、空色小鳥という名前でハンドメイドマーケットにストアを開いていました」

男性――板東は、懐かしむように目を細めた。あなたは混乱する。

とはいえ空色小鳥と基規は、似たようなことを話していた。休業要請に応えた店と応えない店があり、街の空気がぎすぎすしていると。営業している店とできない店とで格差ができていると。どこにでもある話だろう、けれど同じ場所だったのだ。思い起こしてみれば、空色小鳥と歳の話をしたことはない。勝手に同じぐらいの世代だと思いこんでいただけだ。

「……で、でも、亡くなったのっていつです？　だって最近まで空色小鳥さんとは」

「SNSでみなさんとお話をしていたのは、僕です。ネットでの営業を手伝っていました。僕、仕事がなかなか続かなくて、で実家に。実際に子供服やマスクを作っていたのは母です。僕には作れないので、今あるものを売り切ったらストアはおしまいです」

そういえば空色小鳥は以前、でも作れないし、と発言していた。今の状況のせいにしていたが、うっかり本音が出たのではないだろうか。

「そうだったんだ。すごい偶然ね。空色小鳥さん……息子さんに助けられるなんて」

「偶然？　そう思いますか？」

板東が目だけで笑う。

「アイコンにしているあのバレッタ、今日はつけていないんですね。とても似合ってたのに」

「……似合ってた？　あの、それはどういう」

「何度か、うちの店にいらっしゃいましたよね。僕が店の奥にいたことには気づきませんでしたか？　僕はすぐに気づきましたよ。あのバレッタをしている、あの人は真珠さんだ、イメージにぴったりだって。なによりあなた、うちの店で買った貝ボタンでペンダントとピアスを作ってストアに出したじゃないですか。あれで確信しました。……でも」

残念そうな声を板東が出す。

「あなたはたびたび、あの家に、塩川さんの家に来てました。あなたがうちの店に寄ったのはついでだったんですよね」

あなたはあの商店街を利用していた。聞きこみなどされたら、あなたの情報が出かねないと考えたこともあった。

「あの家、女の人がよく出入りしてましたよ。あなた以外にも。ひどいなあって、あなたに言わなきゃって思ってたけど、突然そんなことを言ったらびっくりするだろうし、怒ってしまってあなたとの糸が切れるのは嫌だし。僕、引っ込み思案なんです。ただそのうちあなたは来なくなって、気づいたのか、よかったな、でももうあなたを見かけることもないのかな、淋しいなって思いました。それで、こっそりとでもあなたのことが知りたくて」

マスクを送ると言って、板東は住所をつきとめたのだ。あなた自身は無記名で商品を送っているので、空色小鳥の荷物に差出元が書いてないことに、疑問を持たなかった。

あなたは懸命に頭を巡らす。この人の狙いはなに？　なにをしに来たの、と。

「なにをしに来たんですか」

同じ質問を、板東からされた。あの夜、塩川さんの家に、と。

「仕事です。書類を借りようと」

「おかしくないですか。だってあのとき、あなたは家でアクセサリーの製作をしていると、僕たちとSNSで話していたのに」

あなたは頭が真っ白になる。

そうだ。念のためのアリバイに、ハンドメイド仲間とのやりとりを利用しようと思ったのだ。必要がなくなったので、警察には言わなかったけれど。

あなたは言い訳を探す。どう言えばいい？

「僕、あなたが好きなんです。ひとめ見たときから。ううん、SNSで話をしていたときから。僕が助けたのは、追いかけられているのがあなただと気づいたからですよ」

板東がマスクを外した。再びほほえむ。

「本当は、なにをしに来たんですか。家にいるふりをしながら」

板東が一歩寄ってくる。彼はあなたがやろうとしていたことに気づいている。

でも、とあなたは思った。

青酸カリのことは、知られていないはずだ。入手経路は不明。あとはどうやって使うかを考えるだけ。

環。慎重に考えて。
わたしは二週間後から話しかけている。
今のあなたの選択で、わたしの――あなた自身の、未来が決まる。

02

俺の話を聞け

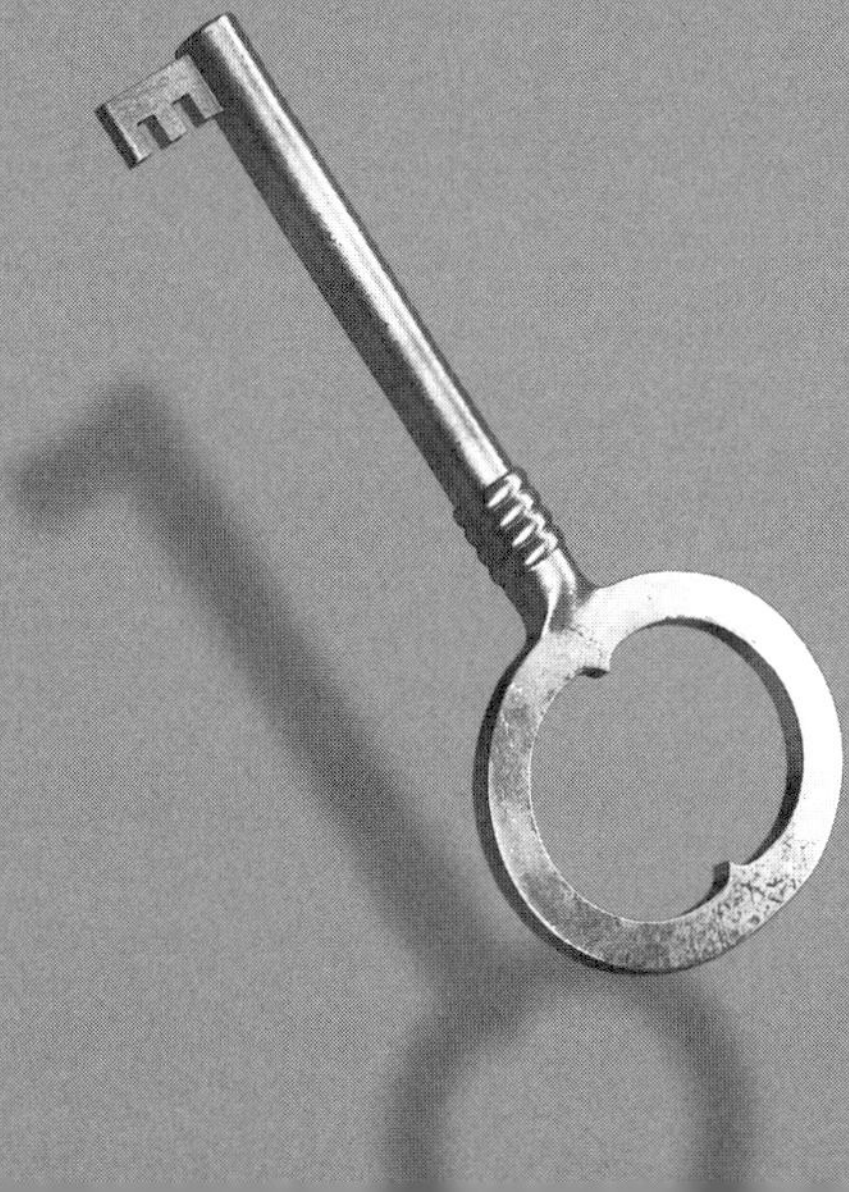

久しぶりだな、松阪《まつさか》。こんなところで会うなんて。

なんだよ、わざわざ名刺なんて出して。え、取材させろ？

週刊茶話、記者、松阪丈生《たけお》——か。そういやおまえ、高校のころからジャーナリズム方面の仕事に就きたいって言ってたっけ。夢を叶えたんだな。まだ駆けだし？　あたりまえだろ。たかが入社四年目でベテラン面されたら信用できねえよ。ま、週刊茶話、怪《あや》しい記事も多いけどさ。

……ごめん、あんま読んでない。広告の見出しだけな。

俺か？　なんとか世渡りしてる。上司の受けもいい。女は、あー、こないだ別れた。でも会社にいい子がいるんだ。脈はあるはずだから祈っててくれ。

取材って、古角《こかど》のことか？　本日の主役、古角淳《じゅん》。まさかあいつが死ぬなんてなあ。遺影の写真見ろよ、屈託なく笑ってら。

だから葬式に来てたのか。おまえ、古角と同じクラスだったことないのに不思議だなあって思ってたんだ。おまえらふたりとも本読むのが好きだったから、そっちでつながってたのかなって勝手に納得してたんだけど。ふうん、高校時代はあまり話をしてないのか。

ＳＮＳ？　へえ。映《ば》えー、とかやってんの？　違うか。え？　古角がおまえのアカウントを見つけて、連絡を取ってきた？

――自分になにかあったときはよろしく頼むなって、冗談めかして？

おいおい、それってあいつ、予感があったってことじゃねえの。おまえが記者やってるって知って、なんつーの？　望みを託《たく》した、的な？　絶対そうだって。

やっぱり古角、殺されたのか。

警察は事件と事故の両面で調べている、なんてテレビで言ってたけど、廃ビルの屋上から落ちたなんて事故があるかよ。

屋上じゃなくて、内廊下の窓から転落？　一度も屋上という報道はない？　そうだっけ、でもイメージってあるじゃない。屋上から、とか、崖の上から、とかさあ。だいたい、なにしに行くんだよ、廃ビルなんて。悪いことでもするか、呼びだされたとしか考えられないじゃん。

目撃者はいないんだっけ。防犯カメラもなし？　なるほど警察も困るよな。

見つかったのは三日前の朝だよな。死亡推定時刻とかいうの、わかってるの？　ふうん、その前日の午後五時から七時か。幅があるわけね。

うん、俺はなにも訊かれてないよ。警察から見れば遠い関係ってことかもな。それでも一ヵ月前に、久しぶりに会ったんだよ。それまで二年、いや、三年は会ってなかったかな。

九月の頭だ。なんでかって、結婚式だよ結婚式。おまえは面識あるかな、佐伯涼介《さえきりようすけ》。ああ一年生のときに同じクラス？　その佐伯が結婚したんだよ。しかもあいつの嫁さんさ……、と、話が脱線しちゃいけないか。今度ゆっくりな。ともかくそこで会ったわけ。式の二次会で。

古角のようすかー。なんかさえない感じだったな、顔色も悪かったし。俺たちとしては盛り上がって佐伯を祝いたいわけじゃん。けどどうにも、ノリ悪いの。

なにかあったのかよって聞いたんだけど、ちょっと、って口籠もってはっきりしないし。

なんだよ、女子高生に囲まれてウハウハじゃないのかよってからかったんだよ。あいつが行ってる学校、たしかどこかの女子校だからさ、私立の。そしたら呆《あき》れたように顔をしかめて、それは幻想だ、ドリームだ、だって。

学校に行きたくないな、って、あいつぼそりと言ったんだ。暗い目をしてさ。

その日は日曜だったから、おいおいサザエさん症候群か？　日曜の夜になると憂鬱《ゆううつ》になるやつか？　俺たちだって明日会社なんて嫌だよ。なんで佐伯のやつは土曜日に設定しなかったんだろう、って笑い飛ばしたら、あいつもそうだよなって笑ってたけど、あれ、実はかなり、きてたんじゃないかな。今思えば、まじだったんだよ。

だってさ、あいつが死んだ廃ビル、その学校のすぐ近くらしいじゃん。呼びだしたの、学校の関係者じゃないの？

ああ、もうひとつ可能性があったか。自殺。学校の近くで死んで、見せつけてやろうって思ったんじゃないかな。

それなら遺書がある？

そうか、そうだな。なにより見せつけるなら学校でやる、よな。

俺が知ってるのはこれぐらいだ。なあ、俺の名前、出すの？　青木慎吾《あおきしんご》、週刊誌デビュー、やったね。あはは、冗談。もし本当に書くなら事前に連絡くれよ。念のため会社に確認取るから。

そりゃおまえ、リスクマネージメントだよ。

うん、佐伯の連絡先なら教えるよ。ただ佐伯、仕事が忙しいらしくて、今日も来られないって
スマホにメッセージがきてた。あ、古角が行ってた大学の友達の連絡先もほしい？　あいつと同
じところに行ったの、ツレのなかにはいないんだよなー。ああでも、後輩や先輩にも訊いてみる
わ。

なんの用かね。学校に来られては迷惑だ。

あんたがたマスコミは社会の木鐸《ぼくたく》を名乗りながら、本当に市民に知らしめるべき事案を深く掘りさげようともせず、煽情的《せんじょうてき》な事件を追いかけているだけだろ。それをさらにお涙頂戴《ちょうだい》話にしようと、あることないこと書きたてて。

高校の同級生だった？　本当に？　きみ、その割には老けてるね。

まあ昔はねえ、二十代後半ともなればきみのように落ち着いていたね。教師という仕事柄、なめられないように私も心がけていたものだ。

けれど最近は、あれだね。古角くんもそうだが、幼い。生徒受けを狙ってか、生徒と同じような漫画を読んだりしてねえ、まったく。

そういったひととなりを聞きたい？　それもまた、お涙頂戴記事にするつもりじゃないのか。いや、良い教師ではなかっただなんて、とんでもない。そうは言ってない。もし誤解させたなら、古角くんに申し訳ないね。頼りなく感じるところも多少はあった、その程度だよ。期待していたからこそだ。

穏やかで生徒に人気のある、良い教師だったよ。教え方もそつないほうだったね。

古角くんがうちの学校に来たのは二年半前、大学を卒業してすぐだ。ん、待てよ、二年半？　ああそうだった、彼は一年留年していたんだ。とはいえ特別なことじゃない。私の同級生なんて、七年も大学にいたツワモノがいたぐらいだ。授業料が今とは全然違うがね。

悩みごと？　さあ、どうかね。

あった、と友人が言っていた？　本当かね。しかし悩みごとのない人間などいない。大なり小なり、人は悩み、迷いながら生きているものだ。

どっちにしても友人や恋人との関係といった、プライベートなものだろ。

学校に行きたくないと言っていた？　その程度のことで本校になにかあったかのように言われても困るよ。針小棒大にもほどがある。

そうだねえ……、仕事の壁を乗り越えるタイミングだった、そんなところだろう。

私にだって経験はあるよ。人に教えることは難しい。百を伝えても、その百を理解できる生徒ばかりじゃない。うちはそれなりに優秀な子が集まっているが、それでもつまずく子はいる。そんな生徒をどう指導するか、きみにわかるかね。経験だよ。経験がものを言うんだ。場数を踏まなくてはいけない。悩み、苦しみ、教師もまた壁を乗り越える。

古角くんも、その壁に突き当たっていたところだったんだろう。そんなタイミングで亡くなったため、大きな悩みを抱えているかのように見えた。それだけだ。

さあ帰りたまえ。いや質問はもう受けつけない。訊いても無駄だ。

注意喚起がありました。うちの学校の人間は誰もお答えしませんよ。

……しつこいですね。ですから。

学校でトラブル？

存じませんね。誰ともなにも、トラブル自体、聞いたこともございません。なにをおっしゃってるんですか。ごまかしてなどおりませんよ。ええ、はっきりと断言できます。

あなた、溝端《みぞばた》先生にもお話を聞いたんでしょう？　さっきグループメッセージがまいりました。ええ、教員のグループです。生徒の悩みなど、早急に共有しなくてはいけないこともございますからね。

そういったきめ細かな対応をしているんです。だからトラブルなんて本校にはありませんよ。

その話、溝端先生からうかがってませんか。

溝端先生は教師生活三十三年。生徒や保護者、同僚からの信頼もたいそう厚い方です。溝端先生が気づかないことを、誰も気づきはしませんよ。

わたしは古角先生と歳が近いから？　そんなことはございません。十も違います。……あのね、そう聞けばこちらが喜んでしゃべるんじゃないかとか、甘い考えはおやめなさいね。それでは生徒と同レベルですよ。

それはそうですよ。あの子たちはそのあたり、とても利口なんですから。中学生、いいえ女の子は小学生ぐらいから、じゅうぶん大人なんです。心してかからないと。

え？　ネットでも噂《うわさ》されているですって？　学校絡みの事件じゃないかと。

くだらない。そんなものを本気にしてどうするんですか。あなた、記者だとおっしゃるならそんな誰が書いたのかわからないものに振り回されず、自分の目や足でお調べになったらいかが？

だから今確認していると、……そう、そうね。詭弁《きべん》めいているけれど、おっしゃりたいことはわかります。でもなにもございませんよ。平和な学校です。古角先生はまだ三年目、上の人間となにかをやりあうほどの立場ではないし、性格も素直でした。従わせていた？　失礼なことを。とんでもないです。

わたしは古角先生と同じ学年を受け持っております。一年生です。うちは系列の中学からそのまま進学してくる子が多いので、生徒のほとんどが顔見知りですね。ですので仲もよろしいんですよ。ええ、教師は、中学と高校は別になっています。古角先生は、初年度が二年生、そのあと三年生、今年は一年生という順に担任を持っていました。生徒からの人気もあったほうだと思いますよ。

だいたい、学校でなにかあったら、警察が調べあげていますよ。ひととおりみんな、聞き取りをされましたからね。おかしなことはなかった、なにも気づかなかった、それだけです。

口裏を合わせるなんてこともございません。だって事件が起きて、今日で四日も経っているんですよ。隠し事があるなら警察も気づくはずです。なにもないからなにも出ない。それだけです。さっきも申しあげましたでしょ。

だったら犯人が捕まらないのはなぜか？　存じませんよ。わたしは警察じゃありませんもの。そちらに訊いてください。

それはわたしだって、なにもないのに事件が起こるなんて思っておりませんよ。トラブルだって、どこかでは起きていたでしょう。どこでって、そうですねえ……

あったなら夏休みじゃないですか？　あら、よくご存じですね。そうなんです。生徒が休みでも教師は仕事があるので、お休みしているわけではないんです。ただ古角先生は今年、まとまったお休みを取っていましたね。生徒がおりますから、普段はめったに休めません。責任ある仕事ですので、取れるときにまとめてと考えたのでしょう。

なにをして過ごしていたか？　そんなの存じませんよ。あちこち遊びに行ったとしか聞いておりません。どこにおでかけかも知りませんよ。お土産から推測を？　いいえ、お土産のやりとりはキリがなくなると、禁止になっております。

じゃあそういうことで失礼します。ごめんください。

え？　なんですって？　だめです。生徒には近づかないで。子供を巻きこむようなことはしないで。いいえ、さっき大人だと言ったのはそういう意味じゃありません。大人の真似はするけれど、判断力はまだ未熟なんです。

なにより古角先生が突然亡くなって、しかも事件とも事故ともわからない状況で、生徒たちは大変なショックを受けています。絶対にやめてください。


そりゃショックだよ。あたりまえじゃん。

悲しいですか？　はーい、悲しいです。ほかにどう言えばいいの？　おじさんさあ、それ、あたしら生徒ならまだしも、古角先生の親とかに訊いてやるなよ。無神経だから。

……本当に悲しんでるんだってば。多少ふざけないと、こう、バランスとれないだけ。

もちろん人によると思う。その悲しみの度合いみたいなのはね。古角先生が死んだって話を聞いたときは、みんなびっくりしたし、わんわん泣いたよ。授業潰してホームルームして、でも下手に騒ぐなって話をされた。メンタルにくるといけないからネットも見るなって言われた。悲しいは悲しいけど、そういう風にこっちの行動を規制されると、あたしとか醒《さ》めるんだよね。

良い先生かどうか？　うーん、フッー？　大半の子はフッーだって言うよ。

穏やかで生徒に人気がある、先生たちにそう言われたの？　まあ、間違ってないと思うよ。そうだね、フッーのちょい上くらいかも。死んじゃったし格上げしておこう。それ誰に聞いたの？溝端先生？　それから細野《ほその》先生にも？　なるほどね、どっちも人をコントロールしようとするタイプの先生だから、百パーは信じないようにね。

そこは個人の感想でーす。ま、ほとんどの先生がコントロールしようとしてくるけど。

古角先生はそこまで力はないね。むしろコントロールされてる、いいように使われてたかな。なんていうか、パシリ体質。あれ絶対、学生のころはパン買いに行かされてたよ。他人のペースに巻きこまれたりね。

トラブルねえ、……箝口令《かんこうれい》敷かれてる。ふふ、知りたい？　どうしようかなあ。フルーツいっぱいのパフェ、食べたくない？

――ん、美味しい！

わかってますって。知ってること、お話ししますよー。いいじゃん、どうせこれ会社の経費っていうので落とすんでしょ？　高すぎる？　だからおじさんはコーヒーなの？　なによ、おじさんでいいじゃん。ええっ、古角先生と同じ年？　高校の同級生？　まじかよ。

で、古角先生はパシリさせられてたの？　どんな高校生だった？　人気あった？

だってほら、古角先生はかわいい系じゃん。

えー、わかんないかな、かわいいでしょ。かわいいってば。中高のころだったらジャニーズに入れそうな。うん、弟キャラだよね。って、年上だけど。ひよわって言うなよなー。ま、頼りない感じってのはわからなくもない。細っこいし背も高くないし。

まあねえ、古角先生もそれ狙ってた感はあるかな。生徒がいじりやすいよう、なんていうの？フレンドリー感を漂わせるっていうか。こっちも、乗せとけばいいから扱いやすいってのもあったなー。細野先生みたいに窮屈な人じゃないしね。でも授業はわかりやすいし、冗談も滑ってないし、全体的には悪くないと思うんだよね。

古角先生を慕ってた子？　あたしと違ってしんみり落ちこんでる子もいるから、多少はいたんじゃないかな。

誰かから告白されたこと？　それも聞いたことないなー。

去年、古角先生が受け持ってたのは三年生だったから、一年のあたしが知らないだけかもしれないけどね。ほかの学年のことはわからない。授業は受け持ってたんじゃないかな。

そうだ、そういえば二年生の制服着た子が、中庭で話しかけてたのは見たよ。うん、うちの学校、学年ごとにリボンの色が違うの。あのとき先生、急いでるって走っていっちゃったけど、あれ、もしかしたら告白だったのかな。ま、中庭でコクるってのはないか。

トラブルとか箝口令とかいうのは、そっち系じゃない。いじめだよ、いじめ。古角先生のクラスであったの。

たぶん中学のときからモメてたんだよ、あのふたり。それが高校に入ったタイミングでシカトがはじまって、一方が学校来なくなって。そういうの、中学のときに終わらせとかなきゃ。さもなきゃ最初からクラス分けるとかさ。古角先生、みるからに苦労してた。いじめてる子の親に会いに行ったりさ。

決着？　うやむやのまま、いじめられた子が転校。だけどいじめてる子の親が権力持ってるから、古角先生、立場悪くしたんじゃないかな。

うん、ＰＴＡ会長。大学の教授もやってる。

きっと溝端先生も細野先生も、そんなに深刻だとは思ってなかったんじゃないかな。でなきゃまったく気づいてなかったのかも。だってわかってたら、もっとベテランの先生を担任にするって。なのに古角先生に押しつけてさー。あとでＰＴＡ会長の娘が絡んでたって知って、びっくりしたんだよ。古角先生の対応も責めたんじゃない？

だって古角先生、激やせしたんだよ。いじめられてた子が休みはじめたのが六月ぐらいで、九月、二学期になったら半分ぐらいになってたもん。顔色も悪いし。古角先生、かわいそう。

詳しい？　……まあね。でも後追いなんだ。あたし隣のクラスで、体育の授業も一緒に受けてたのに、全然気づかなかった。そっちのクラスの友達も、須藤《すどう》さん――いじめられた子ね、彼女が学校に来なくなってやっと、そこまで深刻ないじめだったのかと驚いたって言うし。そうだね、あたしたちもほかの先生たちのこと、非難できないね。

だから今しゃべってるの、罪滅ぼしのつもりです、はい。……へへ、パフェはごちそうさま。

ああ、須藤さんの名前ね。須藤きらり。

で、いじめてたほうのＰＴＡ会長の娘が、紺屋裕奈《こんやゆうな》。

しつこい方ですね。松阪さんとおっしゃいましたか。

ああ名刺、私もお渡ししておきましょう。田平正一《たひらしょういち》と申します。教頭を務めています。今後はすべて、私にご連絡ください。ええそう、これ以上うちの生徒や教師にまとわりつかないでいただきたい。

なにかあったらそちらの編集部に直接お話をさせていただきます。もちろんそのときは私だけではなく、懇意にしている弁護士の先生にもご同席いただくのでそのおつもりで。

さて話を整理しましょう。

松阪さん、あなたは本校の教師だった古角先生の死の真相を知りたい、ということですね。私も、またほかの先生がたも同じことを思っています。なぜ古角先生が亡くなったのか。世間が騒いでいるように殺されたのか、事故なのか、はたまた自殺なのか。たいそう気になります。でもそれは警察が調べることです。警察の発表を待てばいい。……ああ、はいはい、あなたは高校のご学友であると。ええ、伺っていますよ。けれどそれはまた別の話です。すべての情報を把握し、さまざまな人を調べられる警察よりも先に、あなたに真相がわかるとでも？

煽情的な記事を書いて雑誌を売りたい、あなたの狙いはそれだけでしょう。真実でなくてもかまわない、人目を惹《ひ》いて話題を盛り上げたい。本校がその材料にされるのは迷惑なんですよ。私たちには守るべき生徒がいるんです。生徒たちに害が及ぶようなことがあったら、あなた責任持てますか？　ええ、全力で守って――

違いますよ。やっかいばらいなどしていません。本人が転校したいと言った、解決しているのに、あえて。だから、それは。

……いいでしょう。なにがあったかお話ししましょう。

たしかに生徒間のトラブルはありました。けれど和解し、謝るべきところは謝り、互いに納得した。須藤さんが引越したのはそのあとです。ご家庭の事情だそうです。

親御さんの転勤で学校を変わらなくてはいけない生徒がいる、ごく普通のことでしょう。うちは大学の付属校で、つまり経営母体を同じにする系列高校がほかの地域にも何校かあります。二学期のはじめにもちょうど、そういう生徒を受け入れたばかりですよ。

え？　そ、それは……

たしかに須藤さんは系列の学校に移ったわけじゃありませんが。

しかし古角先生は解決に向けて尽力していました。もちろん未熟なところはあり、もっと早く相談してくれていればと感じる部分もあります。さぞストレスがかかったと思います。けれど彼にとっても勉強になったでしょう。今となっては、言っても仕方のないことですが。

遺恨などありません。

誰がどう、古角先生に恨みを持つんですか。百歩譲って、なにか気持ちの上で残るものがあったとしても、生徒間での話です。百歩、譲ればね。

古角先生は、どちらに対しても誠実に対応しています。須藤さんの家を根気よく訪ねて話を聞き、紺屋さんにも、どこで相手に誤解されたのかを説明しました。

それでどうして、古角先生に攻撃が向くのかがわかりませんね。あなたが考えるストーリーを話していただけますか。

……紺屋さんが、古角先生を逆恨み？

くだらない。あなた、そこまで生徒を子供だと思っているんですか。

だいいち、その件は七月中、一学期が終わるまえに解決しているんですよ。夏休みを挟み、二学期も一ヵ月が済み、そんなにも時間が経っていて、須藤さんももういないのに、逆恨みで古角先生に復讐したと？

ありえませんね。


あ、そうです。あたしが須藤きらりです。こんにちは。

古角先生のニュースを聞いたときはびっくりしました。せめてお葬式に行きたいと思ったんだけど、顔合わせたくない人もいるし。

解決？　まあそう、言えなくもなくもなくも、……ないかな。謝ってはくれましたよ。悪かったと思ってる、もうやらない、今までどおり友達として、あとなんだったかな。忘れました。

だって謝ったのはあたしにだけ、全校生徒の前でじゃないんですよね。自分はこれだけのことをやったけど反省して生まれ変わるつもりだ、みんなの前でそう宣言してくれないと、あたしとしても本気で謝ってるのかどうかわからないじゃないですか。違います？

なんてことを言うと、あたしがそういう態度だから、って責められるんですよね。あたしにも悪いところがある、なんて。

古角先生にじゃないです。上の人たちから。やっぱ、力が強いから。

はい、古角先生、がんばってくれたほうだと思います。今から振り返ればですが。

当時は、あたしのことわかってくれる、ダメじゃんわかってない信用できない、でもこの人信じるしかない、けど腰が引けてる、なんて、こっちの気持ちも右に左に揺れ動いて、八つ当たりもしました。古角先生、人気はあるけど、いまいち弱くて、背中を預けられない感じがあるんですよね。

でも逃げられる場所があるなら逃げたほうがいいって、言ってくれたのは古角先生です。それ聞いて、どうして被害者のあたしが逃げなきゃいけないのって、もやもやした気持ちはあったけど、時間と労力を考えたら、たしかに逃げたほうが楽なんですよね。

無責任な外野は、めげずに闘えなんて言うけど、そのストレス、外野の人たちが代わってくれるわけじゃないでしょう？

ありがとうございます。はい、今はノーストレスだし、学校も楽しいですよ。

水に流す、ですか？　ちょっと違うかな。あんたはそっちの川で好きに流れてていいよ、あたしはこっちの川で泳ぐから、そんな気持ち。

紺屋さんが古角先生を恨んで、ですかー？　うーん、あたしもないと思います。そりゃあのころは、古角先生は自分に恥をかかせたなんて、彼女言ってたけど、最終的には思いどおりの結末に持っていけたんだし。なにより紺屋さんなら、古角先生をクビにするように働きかけるって手もあるでしょうしね。

関わっちゃいけない人に関わっちゃったんですよ、あたし。

って言ったら先生、申し訳なさそうな、苦しそうな、なんだか複雑そうな顔してうなずいた。

そうそう、先生、こんなことも言ってたなあ。友達を選べって。

選んで作った友達じゃないんですけどね。たまたま同じクラスで、たまたま同じ班で、ってだけではじまった関係ですよ。共通項でくくられただけ。なのに気が合わなくて些細《ささい》なことが積み重なって、どんどん軋《きし》んでいったんです。そういうの、選べます？　学校の友達なんて、最初はみんな、いい顔してるものでしょ？

そしたら、これはヤバいと感じたときに距離を置けって言われました。それが友達を選ぶということだと。

朱に交われば赤くなる、そんな言葉があるけれど、染まるまえに離れなさいと。


ありがとう。うん、結婚して一ヵ月が経ったとこだ。

すっかり尻に敷かれてるよ。オレが食事当番だ。実はつわりがなかなか治まらなくてな。いやデキ婚じゃないよ。デキ婚なら安定期に合わせて式の予定を組むだろ。なのにみんなしてからかいやがって。青木からなんか聞いた？　古角もニヤニヤしてたよ。

うん、そう、……古角の話だな。あいつ、もういないんだなあ。

二次会のときのようす、か。

申し訳ないけど、自分のことでいっぱいいっぱいで覚えていないんだ。

ただ、気になることはあった。結婚式よりもまえにな。

結婚のこと、古角にはみんなより先に知らせてたんだ。二次会で、新郎側の仕切りみたいなものを頼めないかと思ってな。ほらあいつ、そういうの頼みやすいし、断らないじゃん。いや押しつけてはいないよ。ふたつ返事でＯＫくれたし。

最初は喜んでやるって言ってくれたんだって。ところが少ししてから断ってきた。時間的に厳しいって。いやいや大したことはしなくていい、うちの、新婦側の友人が張り切ってるから、ちょこっとメッセージアプリででも打ち合わせしてくれればって言ったんだけど、それは申し訳ないし、まじ今仕事で詰んでるから勘弁してくれって。

あいつが断るなんてよっぽどだ。教師ってのは生徒次第で仕事量が変わるんだな、人相手じゃコントロールもできないしな、って思ったのを覚えてるよ。

時期？　七月末かな。

……え？　言われてみれば変だな。夏休みに入ってるから、生徒は学校に来ないか。

まあでも、きっと仕事はあったんだろ。追及するのも野暮だから、わかったよと返事した。ところがさらにだ。あれは八月末だったかな、式のギリギリになって、今からキャンセルできないかって連絡がきたんだ。正直オレも気遣ってやれる余裕がなくて、日曜なんだから来いよ、仕事仕事じゃメンタルやられるぞ、気分変えるきっかけにしろ、なんて言っちゃったんだよな。

そしたら、実は金欠で、って。

びっくりだろ。二次会は会費制にしてて、七千円だったかな、そんな額だ。古角は非常勤じゃなかったはずだし、なんでそれだけの金が出せないのかって、絶句だよ。

なんかおまえやらかしたの？　借金でもあるの？　ってこわごわ訊ねたら、今度はあいつが絶句して、いや忘れてくれ、ちょっとゲームで課金しすぎただけとか言うじゃない。

逆に怪しいよな。そんなにゲーム好きだっけ？　みたいに思ってさ。

とはいえそれ以上突っこんでも嫌な空気になるし、できれば来てほしいとだけ言った。実際、二次会には来てくれたからそれきり、死んだって聞かされるまであいつがちょっと変だったってことは忘れてた。

最初、まず思ったね、借金で首が回らなくなって死んだのかと。

だけどあいつの実家、昔行ったことあるけど、割といいマンションだったし。事件を扱ったネットニュースで親が泣いてるようす見ちゃったんだけど、郊外に引越したのかな、立派な一軒家が映ってた。じゅうぶん頼れるはずだから、借金苦で自殺はないなって。

じゃあなんで廃ビルにいたわけ？　人目につかないところでいったいなにを？

誰かに呼びだされたのか、誰かを呼びだしたのか。オレもいろいろシミュレーションしてみたわけよ。

金絡みでなにかあったんだろうと、そこを前提としてな。

やばいところから金借りてて、呼びだされて、保険金で支払えと――。っていうのは、さっきの実家に頼れるんじゃないかという線からナシ。

保険金目当ての殺人、ってのも考えたんだけど、その場合は配偶者が第一容疑者になるよな。でも古角は独身だ。兄弟もいないから保険金をもらうのは親、さすがに親が容疑者っていうのは無理がある。親とは普通に仲よさそうだったし、液晶画面ごしに見た親は、ひどく憔悴《しょうすい》してることが感じられて。

そこでオレはピンときたんだ。

借金してる相手を呼びだして、そいつを殺すつもりが、逆に殺された。

これ、けっこうアリだと思うんだな。

あとは女絡み、仕事絡み、偶然なにかに巻きこまれて抜き差しならなくなった、ぐらいかな。

松阪もそのあたりは調べているんだろ？

　そのまえに警察が調べてるか。もう、事故の線は消えたってことでいいんだよな？


はい、青木先輩から話は聞きました。古角先輩のことですね。

僕と同じ大学でした。

ただうちの大学、学生数多いし、キャンパスも分かれてるし、高校の先輩がいることは知ってたけど、会ったことなかったんですよね。

話す機会ができたのは二年生のときです。同じ講義を取ることになって。

そうです。古角先輩は二年次から三年次に上がるタイミングで留年したんですよ。

先輩、取らなきゃいけない単位は落としたけど、取れた講義もあったそうで、ノートを見せてもらいました。丁寧でわかりやすいノートで、なんで落とす？　とちょっと不思議でした。

二年の後期に体調崩して、入院してたそうです。アンラッキーですよね。

講義でのおつきあいはあったけれど、先輩と飲みに行ったことはないです。ランチ？　そんな、行きませんよ。話もそれほどは。やっぱりこう、遠慮みたいなものがあるじゃないですか。……いえ僕だってもちろん、年齢の違う人とつきあいますよ。教授とも仲よかったし、外部から来られた方とか、積極的に会話するよう心掛けましたよ。そういう方は、得意分野があるというか、なにかと造詣《ぞうけい》が深いですし、交流することで受けるメリットってあると思うんですよね。

　うわ、辛辣《しんらつ》なことをおっしゃるんですね。……そうですね、古角先輩と親しくならなかったのは、つきあうメリットを感じなかったからかもしれません。

ノート？　……ノートは有料だったんです。無料ならメリットだと感じたかもしれませんね。古角先輩の印象は、ひとことでいえばおとなしい、かな。よく本を読んでいましたね。授業で使う本じゃなく、小説とか、漫画とか。空いた時間は図書館に行くようでした。

あまり特徴がないんですよね。影が薄くて。誤解を恐れずに言えば、魅力に乏しい。まじめな印象はありましたけど。

女子からの人気？　いや特に。え、かわいい……？　あー、それは聞いたことがありますね。僕は女性じゃないので、どこが？　って気もしますが。だけどかわいいだけじゃ、そこまでですよ。アイドルほどの華があるわけじゃないし。

そうだ、思いだしました。

古角先輩、彼女がいたんですよ。別の大学の人です。それもあって、誰も食いつかなかったんじゃないかな。

つきあうきっかけですか？　そこまでは。いるってことだけ。同じ学校じゃないなら、よくあるのはバイトやサークルですよね。年齢も、詳しくは。でも大きく離れているなら多少は噂も耳にするし、学生同士だから、そう変わらないんじゃないですかね。名前ですか、ええっと日本史の教科書で……、そうだ北条政子。あれに似た名前です。

古角先輩のバイト先ですか？　飲食系だったかな、たしか割引券をもらった気がします。

家庭教師もやってました。うん。そちらは四年生になっても続けていたと思います。

古角先輩は教員志望だったから、就職活動で辞めるのはなんか違う気がするなんて言って。そうか、だからまじめな人って印象が残っているのかな。あんな人と仲良かったのに。

ええ、ああ、あんな人。古角先輩と同じく、二年次から三年次に上がりそこねた人がいるんです。

彼の印象はあまりよくなくて、古角先輩もパシリにされてる感じがあって。最初はどうしてこのふたりが仲いいんだろうって思ったんですが、翌年になって理由がわかりました。うちの大学、一般教養と専門でキャンパスが違うから、そこのタイミングでダブっちゃうと同級生とつるめなくなるんですよ。いくらSNSなんかでつながってても疎遠になってしまう。はい、僕の同級生がそういう羽目に陥って、やっとわかったんです。下級生の僕らとつるまないなら、同じ留年仲間とつるむしかないんですよね。

たしか里田《さとだ》って名前です。古角先輩とは正反対、要領がよくて図々しい感じの。……実はノートが有料になったのは、里田さんが口を出したからなんですよね。古角先輩はタダでいいって言ってくれたのに、時間に対する対価を払えとかなんとか。

ああそうですね、だから里田さんの印象が悪いということはありますね。

里田さんの連絡先ですか？　わかりません。就職先は、実家か親戚だったかがやってる会社です。就活の時期もずっと遊んでて、いい気なもんだなって。……これも悪印象の原因ですね。ちゃんとつきあえば悪い人じゃなかったのかも。

ただそういうイメージって、つい、ね。僕らの学年で里田さんとつながってる人、少ないんじゃないかな。

はい。卒業はふたりとも、二年半前。僕らと同じタイミングです。

北条政子じゃありません、北城真琴《ほうじょうまこと》です。よくネタにされるんですよね。

で、あなた週刊誌ですか？　うっわ、怖ーい。警察から聞いたの？　違う？　あ、一昨日、警察が来たばかりだから、つい。

今ごろ？　ああ、そうですね。淳くん、わたしのことあまり周囲に言ってなかったみたい。親とも会ったことない。結婚するなんてことになれば紹介もされるだろうけど。

いやー、だってまだ就職して三年目だよ。仕事忙しいいし、わたしは販売業だから休みが合わないし。特に今年になってからは、わたしたちつきあってるよね、って確認したくなることがあるぐらい会えなかった。

で、突然、別れようって言われたんだよね。時期？　……ええっと、七月末かな、八月頭かな。好きな人ができたの？　そう詰め寄ったら、リセットしたくなった、って。

はあああ？　って鬼の顔になるよね。

リセットってなによ。なに勝手なこと言ってるの。やっぱり誰か好きな人ができたんでしょう。そう訊ねても、好きじゃなくなったの一点張り。そのあとあたしの嫌なところを、ずらずらと並べ立ててくれたよ。そういうわけで、もう好きじゃないって。

……内容？　いや、あなた警察じゃないし、答える義務ないよね。そりゃ警察には答えたけどさ。変に怪しまれたくないもん。

わたしが「元恋人です」って警察に申し出なかったから、嫌な感じの目で見られたんだよねー。恋人なら大泣きして、淳くーんってすがりつくものだ、そんなアタマでいたんじゃない？

恋人じゃなく、元恋人だからね。

しかも別れた理由が、リセットしたいから、だからね。わたしは恋愛シミュレーションゲームで選び間違ったキャラじゃないってーの。失礼極まりないでしょ。そんなの、誰が悲しんでやるもんか。わたしはリセットされて消えた立場だからもう関わりなんてありません。警察にもそう言ってやった。

呆れられたけどね。そうは言っても、元恋人が殺されたなら気になるのが普通じゃないかって。ん？　わたしなにか、変なことを言った？

元恋人が殺された――、そこか。

警察は殺人だと確定したのかって？　わからないなあ。そこは突っこまなかったから。わたしの反応を見たかったのかもしれない、か。なるほど。その意見、当たってるかもね。こっちがカチンとくる言い方をするくせに、肝心な話ははぐらかしたままなんだよね。そうそう、煽《あお》ってる、まさにそれなの。だから余計に警察にむかついたのかな。

淳くんとつきあったきっかけ？　バイト先の先輩。先に働いていたって意味で、学年は同じ。あとから、実は一年ダブってて一コ上って知ったんだけど。うん、わたしが大学二年生のときからだから、五年くらいつきあってたかなあ。わ、意外と長かったんだ。

どこが好きだったか？　やだそんなの聞くの？　ひととなりを知るため？　ふうん、でも書かないでよ。……そう、だねえ。まずひとあたりがいいこと、親切なこと、小柄であまり男っぽさを感じなかったところもいいな。本人、逆にそういうとこ気にしてて、筋肉つけるとか言ってごついダンベル買ってたけど、いつのまにかやめちゃったみたいだね。でもわたし、そのままの淳くんのほうがいい。まえにつきあってた彼がちょっとＤＶ気味で、俺の言うことに従えってタイプだったんだよね。そういうのコリゴリだったんで。

そうだね、押しは強くない。最終的に学校の先生になるって決めたのも、たしか親の勧めだし。ただ、必要な授業は取ってて、働きはじめてからも、自分に向いてるみたいって言ってて楽しそうだったよ。

学校に行きたくないって言ってたの？　本当に？　全然聞いてない。

うん。警察にも聞かれたんだけど、正直そんなに会ってなかったから、悩みとかトラブルとかわからないんだよね。いや、メールやメッセージでも聞いてない。え？　わたしと別れる直前に、いじめの対応で苦労してた？　そうなのかー。それも聞いてないよ。学校であんなことがあったこんなことがあったなんて話は、それまでもほとんど出なかった。もちろん試験とかイベントとか、そういう節目の話はされたよ。でもダウナーな話はないね。

言っても仕方ないと思ったのかも。わたしじゃアドバイスできないもんね。……いいよ、フォローは要らないって。わたしも同じだと思っただけ。わたしも仕事のトラブル、たとえばクレーマーや変な客の悪口は話せても、本部や物流への不満なんかはわかってもらえないと思うから言わない。ベースになる共通認識がないと、相談しても無駄だと思うから。トンデモなアドバイスをされても腹立つしね。

わたしとつきあってる意味、なくなってきてたのかな。だからリセットってことなのかな。

ほかにないか？　もっと以前のトラブル？

うーん、なにかあったかなあ。バイトしていたレストランが潰れたこととか？　うん、そうなの。ペラ紙一枚でいきなり解雇。収入絶たれてまいったけど、就活もあって忙しかったから、わたしはまあ、しょうがないかって。親元で暮らしてたしね。だけど淳くんは、親が郊外に引越したタイミングでアパートに部屋借りてひとり暮らしだったから、困ってたな。っていっても家庭教師のバイトがあったから――

そうだ。その家庭教師先も、急になくなったんだよ。

教えてた子のお姉さんが死んじゃって、そのあとなんだかんだあって、そのまま立ち消えに。

A女子大生連れ去り殺人事件。

あの事件、あれからどうなったのかな。

え？　それは大変なことだ？　そりゃそうだけど、淳くん、直接は関係ないし。

殺されたのは、淳くんの生徒じゃなく、その子のお姉さんだからね。渋谷だか恵比寿だかで男にひっかけられて、そのまま車で連れてかれたんだろうって。なにしろ見つかったのは群馬の山の中だからね。……うん、遺体で。

えっとたしかー、マスコミがやってきて騒ぎになって、淳くんの生徒さん、中学生だったと思うんだけど、その子が祖父母の家に一時避難したんだったかな。そのせいで家庭教師のバイトがなくなって。え？　父方の？　母方の？　そこまで知らないって。聞いてもいないよ。

淳くんも警察になにか訊かれたって言ってた気がする。あー、違う違う、取り調べとかじゃないよ。だって淳くん、車の免許持ってないもん。超、山の中だよ。車がなきゃ行けないって。

だんだん思いだしてきた。ネットに写真が流れてたんだけど、けっこう背が高い人だった。友達と一緒の写真で、男の子も写ってたけどそっちと同じぐらいありそう。でもスリム。あと割と、かわいい子だった。髪が長くて。

気になるならネット記事でも探してみたら？　っていうかあなた、週刊茶話じゃん！　昔の雑誌、あるんじゃないの？

うん、三年前だね。ちょうど今ごろ、十月だったと思う。


よく覚えていますよ。あのころは、うちの前の道がマスコミの車でふさがれてしまって、大変迷惑しましたもの。

あらいやだ、うふふ、あなたを責めているつもりはないのよ。

向坂《さきさか》さんが住んでいらしたのは、そちら、目の前、お勤めになっていた銀行の社宅です。そうですよ、いわゆる転勤族。どのようなごようすで、なんて当時訊ねられたけど、詳しい人なんていやしませんよ。社宅の人たちだって、ほら上下関係とかあるじゃない。下手に話なんてできないわよ、あとが大変。だから訊ねるだけ時間の無駄だというのに、しきりとピンポンピンポン鳴らしてねえ。

お見かけしたことはありますよ。ご家族は四人で、ご両親とふたりのお嬢さん。下のお嬢さんが当時中学二年生で、うちの子と同じ中学の同級生だったのよ。うっかり口を滑らせたせいで、しつこく訊ねられましたよ。うちは男の子だから、そんなに親しくないっていうのに。活発な感じの子で、成績は上のほう、スポーツ全般が得意で、たしか柔道部。女の子だというのにね。大会？　そんな強い学校じゃないから出てないでしょうけど、体育祭ではリレーの選手に選ばれてましたよ。その子のおかげで三年生にも勝ったそうです。昔で言ったらおてんばね。ショートカットで男の子みたいに日焼けしてました。たしか、実花《みか》さん、そんな名前でした。

あらごめんなさい、お姉さんのほうのお話だったわね。

向坂楓花《ふうか》さん。楓花さんは妹さんとは反対に、おとなしい感じでちょっとぼんやりしていて、スポーツは苦手そう。……ええ、細くて背が高くてね。とてもおきれいよ。挨拶をしっかりなさるよくできたお嬢さんという印象ですね。大学二年生でした。

実花さんが学校から帰って、お父さんが仕事から帰って、そのあとでお母さんが帰ってきたんだったかしら。楓花さんからは、大学のサークルのコンパがあるから夕食は要らないと言われていたそうよ。そうはいっても女の子、夜も遅くなったのになかなか帰ってこない。心配になってスマホに連絡をしたけれど、電源が切られているらしくつながらない。なんとか大学のお友達への連絡はついたみたいだけど、楓花さんはコンパに来なかったんですって。お友達も一度は楓花さんに連絡したけど、返事がないからドタキャンだと思ったらしくて、そのまま。無責任よねえ。

見つかったのは四日後、山の中腹にある駐車場から少し奥に入ったあたりだそうよ。……亡くなったのは、いなくなった日らしいわね。どこかでナンパされたかなにかで、そのまま山へ。で、乱暴されて。ああ怖い。うちは女の子じゃなくてよかったわ。

犯人はまだ見つかってないのよ。

スマホも見つからないままだっていうし、目撃者も手がかりもあまりなかったらしいから、もうむずかしいんじゃないかしら。同じような事件が起きて、実はあの件も自分が、なんてことがあるといいんだけど。

大変だったのはそれからなのよ。

楓花さんがどんなふうに犯人に連れ去られたか、本当のことはわからないのに、マスコミやネットがあれこれ物語を作って。ほんとうに嫌ねえ。

大学のお友達には会えないまま、渋谷かどこだったかであったコンパにも参加していない、ってたしかに聞きましたよ。なのに別のグループについていったとか、いい男がいなかったから飽きて外に出てっちゃったとか。

あと……、お母さんのこと。

私、全然知らなかったんだけど、お母さん、ちょっとした有名人だったのよ。

独身時代、モデルさんと女優さんをしてたんですって。ううん、雑誌やショーに出るようなファッションモデルじゃなくて、通信販売などのモデルさんですけどね。女優さんのほうも、通りすがりや再現ドラマの人。ええ、無名のまま終わったということなんでしょうね。でも言われてみればなかなかきれいな方よ。背も高くて。四十半ばぐらい。

ううん、有名っていうのはそちらじゃなくて、今は恋愛小説の作家さんをされてるのよ。それ聞いて、早速図書館で借りて読んでみたわよ。あの上品そうな奥さんが、あらまあ不倫小説、ってびっくりしちゃったわ。さすがに今は不倫なんてやっていないでしょうけど、独身時代の体験なのかもね。なかなかのものだったわ。ふふ。

咲坂《さきさか》えりこ。そんなペンネームまで使っていたし、元モデルさんという宣伝もしてなかったから、関係者でもいて問題にならないようにしていたのかも。

そのことも事件と結びつけられて、またあることないこと。お母さんと楓花さんを比較したり、楓花さんが奔放な主人公のモデルじゃないかと言われたり。

お母さん、楓花さんが殺されてショックを受けているというのに、さらに人目に晒《さら》されることになってしまって、ご実家に戻られたのよ。実花さんを連れて。不倫、まさか今でも、なんてことはないと思うんですけどね。夜に仕事の人と会うことはたまにあるらしくて、楓花さんの事件の日もそれで遅くなったそうだけど、仕事、よねえ、ええ。

残された向坂さんのご主人？　見かけないわねえ。引越されたみたいだって話が出たのはいつだったかしら。社宅の人に訊くのが一番ね。答えてくれないかもしれないけど。

私も訊いてみたんだけど、ガードが固いのよ、身内意識が強いっていうか。

え？　あらやだ。別に事件を追ってる素人探偵のつもりはありませんよ。たまたまよ、たまたま。

実はね、実花さんを見かけたのよ。

声をかけたけど、こちらには気づかなかったみたい。

いつだったかですって？　夏休みね。七月末か八月はじめか。また戻ってきたのかしら。

お話ですか。だいじょうぶですよ。

はい、向坂実花です。よろしくお願いします。

学校からはマスコミに注意するよう言われてるけど、叱られたら叱られたときのこと、かまいません。というよりわたしも気になっていたんです。お話を伺わせてください。

東京に戻ったのは二学期からです。父の辞令が七月一日に出て、すぐには転校できなくて、学校の手続きなどがあってそのタイミング。夏休みに仙台から引越してきました。……いえ、あの社宅じゃありません。さすがにちょっと。父がマンションを借りています。

わたしを見かけた？　お向かいの豊田《とよた》さん？　……ああ、あの人。豊田さんのことも取材なさったんですか？　話半分のほうがいいと思いますよ。母の死の十分の一ぐらいは、あの人のせいだから。あちこちから話を聞いては、あることないこと無責任に周囲に振りまいて。

はい。母、向坂江梨子《えりこ》は他界しました。事故です。限りなく自殺に近い事故。いえいえ疑いがあるというわけではなく、壊れてしまったという。……冷静に、冷静に話したいので、泣かせるようなことはおっしゃらないでくださいね。精神安定剤の量を間違えて、足元がふらふらして階段から落ちた、それが死因です。冷静に、冷静に…………

やっぱり五分待ってもらっていいですか？　お願い、慰めないで。ちょっと失礼します。

――お待たせしました。だいじょうぶです。

ええっと。……豊田さんの件でしたっけ。あの人からはなにを。

あ、それは違います。両親は別れてなんていません。母とわたしが母の実家に行ったのは、マスコミや近所の噂話から逃れるためです。父だけ社宅に残ったのは、姉の事件の解決を待っていたからです。でもさほど経たないうちに警察は調べなくなってしまって、……そのまま。いえ、泣きませんよ。怒っているんです。姉に落ち度があったかのような言い方を、何度かされたようです。男についていったのが悪い、と。

繁華街で声をかけられてついていった、または連れていかれた、そういう印象を持たれているようですが、そう単純なものでもないんです。

ええ。お話しします。聞いてくれますね？

姉はあの日、必修の講義が午前にあって、でもそのあとの講義は受けずに大学を出たようなんです。行動がわからなくなったのは夕方から夜ではなく、そこからです。警察も調べてはくれましたが、定期券を兼ねたIC乗車券を家に忘れていったせいで、どこにいたかも探れないまま。なのに、時間を潰しに繁華街に向かったのだろうと、そこで連れていかれたのだろうと、そういう結論になってしまったんです。

スマホの電源が切れたのは大学からそう遠くないところのようです。もしかしたら単純な電池切れかもしれません。姉はどちらかというとぼんやりさんで、スマホもさほど使ってなかったんです。時間は腕時計でたしかめていました。母から入学祝いにもらったもので、母のおさがりだけど、カルティエというブランド品です。実はそれも見つかっていないんです。財布やスマホもなかったので、強盗目的という説もありました。

姉の死因は頭部の挫傷でした。頭の下のほう……首のうしろを、丸い鈍器のようなもので殴られたらしくて、そのあたりの骨がつぶれていて。ネットではあれこれ言われていますが、性的な暴行はなかったんです。そんな細工を……着衣は乱されていたそうですが。

……ふう。あ、だいじょうぶです。だいじょうぶ。

事件の約半年後、父に仙台支店への転勤の話がきました。

姉の件が捜査されないままになってしまいそうで父は迷っていたんですが、東京を離れても離れなくても、あまり変わらないのではないかとも思われて。わたしも、祖父母がいるとはいえ母を支えられなくなってました。母自身も、父と一緒に暮らしたいと言うし。

ただ、最後まで母は、気持ちが不安定なままでした。母の仕事……ええ、小説も姉のことがあってから書けなくなっていて。編集部の人もずいぶん心配してくれたんですけどね。今もときどき、読者からのお手紙を送ってくださいます。あはは、全部読みましたよ、母の、咲坂えりこの小説。なんていうか気恥ずかしい、妄想みたいな物語ですよね。母は夢見がちな少女のようなところがあって、その分、心の弱い人だったんですよ。

とまあそんな流れで、中学三年生のときに仙台に行き、そのまま高校に進学して、二年生に進級したころに母が死に、この夏、父の転勤でまた東京に戻ってきたというわけです。

そしたら古角先生がいたんですよね、転校先の高校に。

仙台で通っていた高校、こちらにある大学の付属だったので、系列校に受け入れてもらえたんです。転入試験だって楽勝です。わたし、けっこう頭いいんですよ。古角先生のおかげかも。効率的な勉強の仕方を教えてもらいました。ええ、中一のときからです。

なぜ姉に教えてもらわなかったのか、ですか？　小学校のときは教わってました。でも仲が良すぎて、つい遊んじゃうんですよね。他人に教わったほうが身につくんじゃないかって話になって、紹介所みたいなとこに依頼して、古角先生に教わることに。

古角先生を見かけたのは、転校の手続きに行ったとき、一学期が終わってすぐの七月末ぐらいです。わたし、すごく嬉しかった。姉の件があって急に祖父母の家に行くことになったせいで先生に会えなくなって、当時とても悲しかったんです。そのときは考えが及ばなかったけど、古角先生の仕事を失わせることにもなったんですよね。それも申し訳なくて。

はい。初恋じゃないけど、そういう気持ちです。初恋は小学校の先生でした。人って、同じような対象に憧れるものなんですね。

だからきゃーって興奮して、古角先生に今までのことをいろいろ話そうとしたんです。なのに。

古角先生、真っ青になってしまいました。

どうしてって聞いても、先生、そのまま逃げちゃうし。それからも、話しかけようとすると避けられて。目も合わせてくれなくて。

いつだったかは中庭で、ダッシュで逃げられて。周りに人がいたから、正直恥ずかしかった。

なぜなんだろう、わけがわからない。

しかも先生、気のせいか顔色悪いし、やつれてて。どこか悪いのかなって。でも先生が死んだことで、なんだかわかったような気がするんです。

すごく怖い想像です。聞いてもらってもいいですか?

――わたし、あのころの姉にそっくりだそうです。

髪も長くなったし、背もぐっと伸びました。日焼けにも気を遣うようになりました。

古角先生はわたしの先生です。もちろん姉とも顔見知りだし、楽しそうにお話はしてたけど、その程度の仲のはず、……なんです。そういう間柄の人が今のわたしを見ても、お姉さんに似てきたね、ぐらいの感想しか持たないのではないでしょうか。

なのに、古角先生の反応はまったく違っていて……

まさか、姉を殺したのは。

古角先生、運転免許を持ってないから姉を連れていけるはずがないって、容疑者から外されていたと思います。

それに古角先生には、友達と別のところで遊んでいたような、アリバイもあったかと。

だけど、その友達が共犯者だったら? 車を持っている人なら?

想像ばかりが大きくなって、悩んでいます。

古角先生、わたしと会って、姉が蘇ったようで怖くなって――自殺したとか？　でなければ、たとえばですよ、たとえば。不安になって共犯者の友達に相談して、諍いがあって、その人に――殺されたとか？

あれから、古角先生が亡くなってから、そのことが頭から離れない。考えても答えが出なくて。苦しくて。

そう、そうですね。警察に。

相談したほうがいいんですよね。なんか怖くて、言えなかったんです。

面白いのでしょうね。他人の暗部を暴く仕事は。

ええ。警察から聞いています。

息子――淳は殺された、と。と同時に、三年前、淳は家庭教師先の女性を殺したのではないか、と。

淳を殺した犯人、逮捕されたそうですね。大学時代の淳の友人だとか。

里田恭司《きょうじ》。淳とは仲が良かったかのようなお話ですが、会ったことさえありません。

淳の勤めていた学校に、かつて家庭教師をしていた子が転校してきて、その子があまりにも殺した女性と似ていたから、それで淳はノイローゼになってしまって、共犯だった里田に相談したとか、自首しようとした淳を口封じに殺したとか。そんなようなことを警察は言ってましたけれど……

そんなの嘘《うそ》です。淳が人を殺すなんて、殺したあとも平気な顔でいただなんて、ありえません。夏あたりから淳のようすがおかしかった。特に二学期になってから急激に痩せた。それはその子と会ったからだという人たちが、多くいます。

だけど……

本当のことを言います。警察にも言っています。

淳は病気だったんです。気づいたのがやっとこの七月で、八月の夏休みに急いで手術をしたけれど手遅れで。余命半年と告げられました。次の春までもつかどうか、と。……淳、大学二年生の時に病気をして入院もして。あれは予兆だったんじゃないか、もっと大きな病院にかかっていれば見逃されずに済んだのではないか、今からでも病院を訴えたほうがいいんじゃないかって話していたところなのに……

ああ、ええ、学校……、淳は病気のことを学校に話すかどうか、迷っていました。でも下手に話すと辞めさせられるかもしれないでしょう？　半年、ただ死を待つよりも生徒たちと接していたい、仕事をしていたほうが気持ちも落ち着くと、ギリギリまで粘るつもりでいました。

そういうときに支えになるのは恋人の存在ですよね。向こうが忙しいらしくて、結局会わせてもらえなかったけれど、恋人がいることは知っていました。

なのにあの子、悲しませるのは嫌だからと別れてしまったそうで。……優しい子なんです。そんな淳が、人を殺すわけがないでしょう。

淳が死んだと聞かされたとき、自殺だと思いました。

強がってはいましたが、死の恐怖に耐えきれなくなってしまって、飛び降りたのだと。学校で死ぬと、生徒に迷惑がかかる。どこか高いところ、マンションなどから飛び降りても、住人に迷惑がかかる。だから学校の近くで、誰もいないところでと。

ただ、争った跡があると言われたんです。

淳が飛び降りたとみられる内廊下の窓のまわりに、ものがぶつかったりこすれたりしたような跡があったと。だから警察の捜査が終わるのを待ちました。

なのになぜ、そういう結論になるんですか。

淳が里田に殺されたのはたしかなのでしょう。なにか、ふたりにしかわからない事情があって。最初は見つからなかった目撃者も、改めて里田の写真を持って聞きこみをしたら、現場のビルかどうかまではわからないものの、その近くで見かけたという人が現れたそうです。きっとこのままでは成仏できないと思った淳が、警察に力を貸したのでしょう。

でも、淳が人を殺したなんて、絶対に嘘です。里田は自分の犯した罪をすべて、淳に押しつけようとしてるんです。


あんたの面会申請に応じることにしたのは、あんたが嘘ばかり書いてるからだよ。俺がこんなところにいるのもあんたのせいだ。

自分になにかあったときはよろしく頼む？　古角がそう連絡してきただって？

はっ。そのよろしくってのもあいつの罠だよ。友達のよしみで悪く書くなってだけさ。

うるさい、しゃべる[illegible]時間は限られているんだ。俺の話を聞け。そして俺の主張を載せろ。

そしたら裁判までに、新たな証言が出てくるかもしれないだろ。

俺は古角を殺していない。女も殺していない。

やったのは死体の始末、それだけだ。

三年前、俺は古角と約束があって、やつのアパートに出向いた。午後の……何時だったか正確には覚えていないが、二時とか三時とかそのくらいだ。車で行った。親の名義だけど自由に使える車があったんだよ。

俺がついたとき、古角と、死体になった女がいた。ああ、もう死んでたんだよ。死にたてのほやほや、生き返ってもおかしくないぐらいのな。

古角は言った。女が、話があるからとやってきた。言い争いになって、女が殴ってきたから突き飛ばした。はずみで転び、気がついたら死んでいた。置いてあったダンベルにでも頭をぶつけたんじゃないか、と。嘘だろうと、俺は思ったね。女は美人だった。連れこんで乱暴しようとして抵抗された、本当はそうなんだろって、死体を見たせいか変なテンションになっちまってて、けらけら笑いながら言ってやった。古角はとんでもないと答えたが、そう思われるかもしれないと、どんどん青くなっていった。

で、どうしようと泣きつかれたわけだ。

古角は教員採用試験の二次が終わって、結果待ちだった。最終的には落ちてて、親のツテで私立の女子高に入ったらしいが、まあそれはいい。ともかく美しい将来が崩されるのが怖かったわけだ。

あ？　俺が笑わなければ、古角は素直に警察に行っていたって？　かもしれないが、それはたられぱの話だろ。警察には行かなかった、それだけだ。なにより古角の言い訳が本当とは限らない。俺の下衆い考えが正解かもしれないじゃないか。そっちのほうが自然だろ。

時間が限られている。続きを話させろ。

アリバイを作り、女の死体を始末する。それが結論となった。

車のトランクに女を入れて、まず海のほうに向かった。海岸あたりのカフェに入って、さっきまでナンパをしていたかのような会話をして、うっかりを装ってグラスを割った。店員や客に印象づけるためだ。そのあと急いで山のほうに向かった。

ああそうだった。話が前後するが、一番最初にしたのは、女の口に酒を注ぎこむことだ。もう吸収はされないだろうけど、口の中にちょっとは残るかと思ってさ。酒を飲むくらいの時間まで生きていたように見せかけたかった。服の膝のあたりにも垂らした。こぼしたみたいにな。

女は美人だったから、誰かナンパ男の車に乗って、山に連れていかれた、そんなストーリーを作ったわけだ。服も乱しておく。ここは俺も自慢したいね。警察もマスコミも見事にそのストーリーに乗ったんだから。

女の荷物から、財布とスマホをいただいた。ナンパ男もきっと、女の身元の発覚を恐れて盗るだろうと思ったからだ。そのとき俺は気づいた。女はなかなかいい時計をしている。俺だって知ってるカルティエだ。こっそりそれももらった。売るつもりじゃない。そのうちなにかの役に立つと思っただけだ。ああ、スマホは壊して捨てたよ。

俺たちに捜査の手は伸びなかった。無事に卒業し、古角は教師に、俺は親の会社で営業担当をしながら経営を学ぶ——つもりだったんだが、この春、不渡りを出して倒産だ。まいったよ。

で、俺は思いだした。女の時計を。

古角に見せて、ちょっと融資してくれないかとねだった。それは認めよう。脅迫罪、だよな？　そう、それも重要なポイントだ。女を殺したのは古角だ。だから俺は古角を脅した。だから古角も金を出した。俺が女を殺したのなら、脅迫は成立しない。違うか？

春先に一度、夏に一度、三度目は八月末だったかな。あいつが死ぬ一ヵ月くらいまえだ。そのとき、これ以上は無理だ、もう金がないと言われた。

ところがもう一度連絡があった。古角からメッセージがきたんだ。ああスマホのさ。まとまった金を渡すから時計を買い取りたいという。

俺はいそいそと出かけたよ、あの廃ビルに。

あそこは金の受け渡し場所にしていたんだ、それまでも。古角が勤めてる学校が近いだろ？　俺に逆らったらあのビルにおまえを糾弾する垂れ幕をかけてやるって、そんな粋なアイディアを伝えてたんだ。

そうしたら、古角の死体が転がっていた。

本当だ。古角はもう死んでいた。地面に脳みそをぶちまけて、手足も変にねじれて。

俺はビルから逃げた。それは誰にも見られなかったようだ。……なのに。

俺は罠にはめられたんだ。古角、癌《がん》だったんだってな？　もう長くなかったっていうじゃないか。俺に殺されたかのように見せかけて自殺したんだよ。争ったような跡も、全部自分でやったんだろうが。

……古角からのメッセージは消してしまった。あいつも残してないはずだ。お互いに、証拠を残さないよう消すことにしようと、最初に提案したのはたしかに俺だ。毎回、俺の目の前で、あいつのメッセージを消させた。自分のスマホからも消した。

くそっ。あの時計さえなければ。古角に金を出させるのに使った女の時計。あいつはわざと、あの日、廃ビルにも持ってこさせたんだ。俺がその場で捕まることを期待して。

それは運良く切り抜けた。けれど警察はあの時計が動かぬ証拠だと言う。俺と女を結びつけるものだと。俺が古角のアパートにいた女を襲って殺したのだと。

あいつに騙《だま》されるんじゃない。俺の話を聞け。お願いだから聞いてくれ。

03

それは財布からはじまった

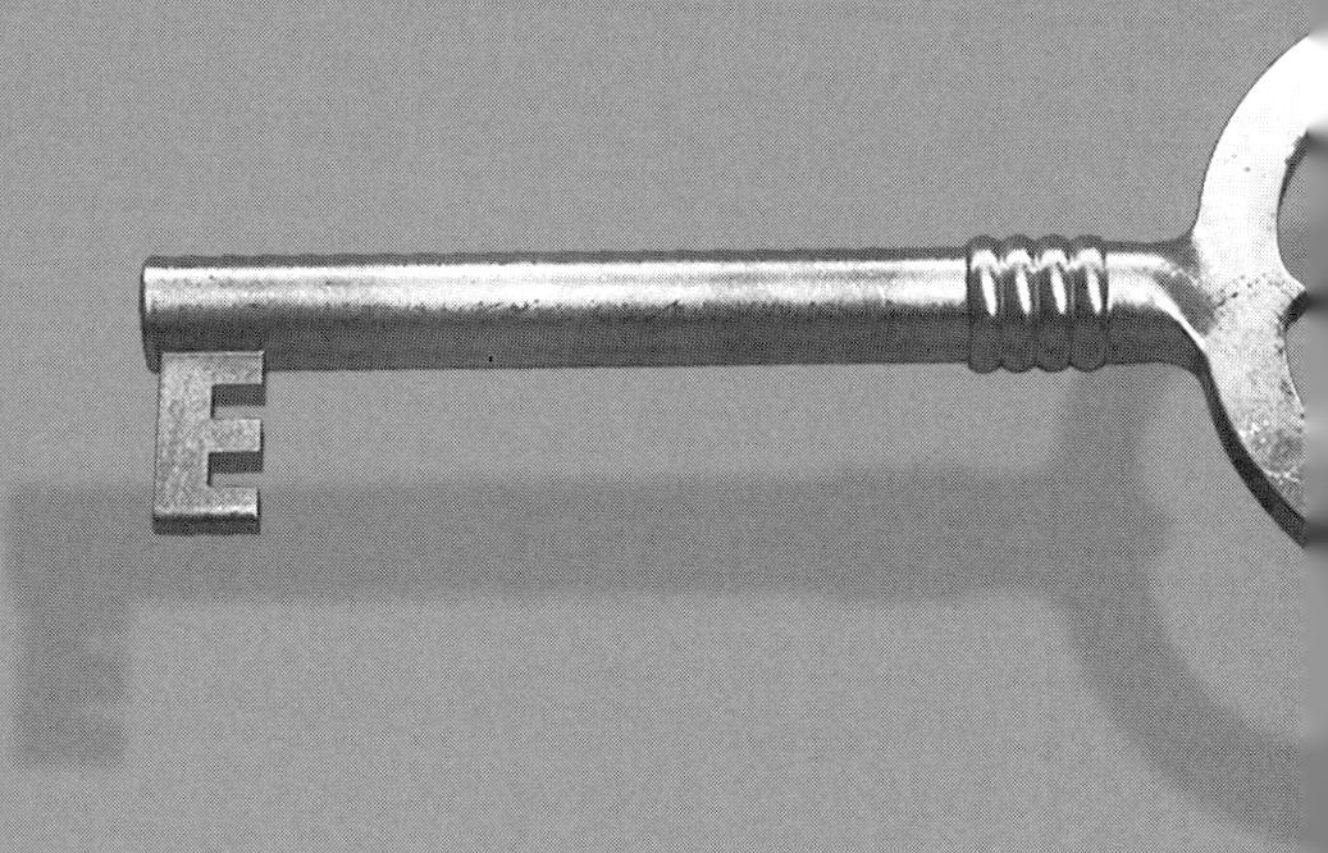

1

「あんたその財布、どうするつもりだい」

思いのほか大きな声が出てしまい、自分で自分に驚く。

そのうえ、手まで出ていた。男の腕が枯れ枝のようだったせいもある。簡単につかめてしまったのだ。

夕方のうちでも早い時間だったためか、スーパーマーケットは空いていた。駐車場付きの大きなスーパーが少し行ったところにあるので、古くて小規模なこの店には徒歩と自転車の客しか来ない。乾物の棚と調味料の棚が向かいあう通路にも、男と被害者の女、そしてあたししかいなかった。

「あっ、わたしの財布!」

かがみこみながら商品を物色していたジャケット姿の女が素早く振りかえり、明るい黄色の長財布をもぎとる。

「盗ったの? 盗ったのね? 盗ったんでしょう!」

「いや、あ」

「この泥棒! 中は開けたの?」

四十代ほどの女は早口でまくしたて、男の反論を許さない。色を失った男は七十歳前後、くすんだ肌に落ちくぼんだ目をしていた。

「ひ、……拾った」

「嘘《うそ》。落ちたら音がするはず。泥棒！　泥棒です！　誰かぁ！」

女の大声すぎる大声にあたしまで怯《ひる》み、つかんでいた力が緩んでしまった。とたん、男が腕を強く引く。あたしはよろけてたたらを踏んだ。踏ん張りきれると思ったが、結局しりもちをついた。

「くそっ、ばばあ。おまえのせいだ」

捨て台詞《ぜりふ》を残し、男が逃げた。あんなじじいにばばあ呼ばわりされたくはない。

「おばあさん、だいじょうぶですか」

女が手を差しだしてきたが、棚板をつかんで立ちあがる。

店の出入り口あたりで怒声が聞こえたと思ったら、どうしましたと今ごろになって、店員が足早に寄ってくる。

「財布を盗まれたんです。このおばあさんが声をかけてくれて取り戻したんだけど、犯人には逃げられてしまって。紺色のジャンパーを着た七十代ぐらいの男でした。走って追いかければ間にあうと思います」

女がぽんぽんと説明する。

「それで財布は無事なんですね」

「待って、中身を………ある。無事です。ねえ追いかけてくださいよ」

店員の確認に、女が出入り口を指さしながら答える。その方向から、別の店員が息荒くやってきた。

「あ、店長いた。すみません、逃げられました。自転車で来ていたようです」

追いかけてはいたようだ。それはそうかもしれない。店から走って逃げる客などいれば、不審に思うのが普通だ。

「そこに置かれているカゴは、おふたり、どちらかのものですか？」

もやしとにんじん、割引シールの貼られた塩鮭の入った足元の買い物カゴを見て、最初の店員——店長が訊ねてくる。女とあたしの両方が首を横に振った。

「掏摸《すり》のものだよ。その人の背後に近寄ったと思ったら、そっとカゴを床に置いたんだ」

あたしはそう言った。

じじい、カゴを持ったままでは、動きづらかったとみえる。

便宜上、掏摸とは言ったが、本物の掏摸なら、きっとあたしなんかの目に留まりはしない。斜めがけにされて背中側に回っていた女の鞄は口が開いていて、目立つ色の財布が丸見えだった。これは危なそうだと思っていたら、先ほどの男が手を伸ばしたのだ。やたらびくびくして、出来心でつい、といったようすだった。

「被害はない、ということでいいんですかね。あの男、荷物は持っていないようでした」

追いかけていった店員が、店長に向けて確認するように訊ねる。

なに言ってるんですか、と女が目を剝《む》いた。

「わたしは財布を盗られそうになったんですよ。そのおばあさんなんて、転ばされたんだから。

やだ、わたしったら自分のことばかり。おばあさん、お怪我《けが》は？　どこか痛いところはないですか」

「怪我はしてないよ」

「レントゲンを撮ってみたら骨折してるってこともありますよ。『いつの間にか骨折』って言葉、聞いたことないですか？　念のため病院に行ったほうがいいと思います。ご家族は近くにいらっしゃいますか。なんならわたし、お連れしますよ」

女がかん高い声で騒ぐ。正直、面倒なことになったと思った。

「どこも痛くないよ。それじゃああたしは、買い物に戻るから」

「でも転ばされたんですよ？　傷害罪じゃないですか！」

怪我もしていないのに傷害罪になんてなるんだろうか。

やっかいごとはごめんだ。あたしは軽く頭を下げて、そのまま背を向けた。

待ってください、とさらに女の声がしたと思ったら、前に回りこんできた。

「ちゃんとお礼を言っていませんでした。ありがとうございます。これ、わたしの名刺です。なにかあったらご連絡ください」

突き返すのもどうかと思い、そのまま受けとる。

まだなにか言おうとしている女のそばを、先ほどの店長が早足ですり抜けていった。あっ、と女がつぶやいて、店長を追う。警察を、とか、ほかの被害が、などといった言葉が聞こえる。なにかとおおげさな女だ。

やれやれと思いながら、手ばやく残りの買い物を済ませ、家路についた。晩秋ともなれば日が落ちるのも早い。学校帰りの自転車とすれ違った。この道は自転車の往来が激しい。暗い道でひっかけられるなんてことがあったら、大変だ。

スーパーからあたしの住む団地へは徒歩十分ほどだ。低層階ばかりの古い団地だが、棟はいくつかあるので、部屋まではもう少し時間がかかる。

コンクリートのヒビが目立つ階段を上り、軋《きし》む扉を解錠して中に入り、内鍵とドアチェーンをかけて、エコバッグを床に置く。ああ疲れたと、あたしは腰を伸ばした。肩を回すと音が鳴った。

帽子を取り、下駄箱の上に置いた鏡を覗《のぞ》いて、髪を整える。

老いた顔がこちらを見ていた。いつも首元に巻いているスカーフは、年寄りの必須アイテムだ。皺《しわ》やしみ、弛《たる》みが年齢を表すデコルテを、うまく隠すことができる。自分がこんな恰好《かっこう》をするようになるなんて、二十歳のころは想像さえしなかった。

下駄箱の反対側はすぐ台所になっている。落ち着かないつくりだが、せめてもとマメに掃除をしているので、清潔は保っている。いまどきの間取りに改装をする団地もあると聞くが、ここは古いまま。もっと古くなれば、建て替えの話が出るだろうか。高層の建物にすれば住む人も増えるし、それを期待する人もいるだろう。けれどあたしとしては、困る。世の中、自由に動ける人ばかりではない。

食材をしまい、エコバッグを畳もうとしたとき、名刺の存在を思いだした。

保険会社のものだった。営業二課という部署名だけ入り、肩書きなしで、野々部《ののべ》恵《めぐみ》という名前。保険外交員だろう。

きゃんきゃんと子犬のようにうるさい女だった。そういえば顔立ちも、小さくて丸い目と上を向いた鼻が、マルチーズやポメラニアンといった小型犬に似ている。よく考えれば、あの女の財布が掏《す》られたところで、あたしにかかわりなどなかったのだ。鞄から財布が抜きとられる瞬間を目の前で見て、驚いてつい反応してしまったが、今では掏摸のほうに同情する気持ちが湧く。もやしは安い野菜の代表格で、にんじんは一袋三本入りの目玉品だった。そのうえ塩鮭には割引のシールが貼ってあった。きっと生活に困っていたのだろう。あたしも同じものを買っている。

2

次の約束まで間があった。わたしはいつものスーパーに向かうことにする。必要なものだけさっと買って、いったんアパートに戻ろう。普段は仕事が終わってから買い物に行くので、割引品はあっても野菜が売り切れていることがしばしばある。以前これくらいの時間に利用したときは、割引品と野菜の両方が残っていた。

そのかわりトラブルに巻きこまれたんだけど、と思いながら歩いていると、見覚えのあるベージュの帽子の女性とすれ違った。薄手のコートにだぼっとしたパンツ姿。両肩にエコバッグをかけ、少し腰を曲げて歩いている。

あのおばあさんだ。

買い物を優先すべきか恩義を果たすべきか、天秤はすぐに傾いた。回れ右だ。人との縁を大切にすることが仕事につながると、会社でさんざん教えこまれていた。

それにあれは、紀ノ国屋のエコバッグだ。Kのロゴマークをローマ字で書かれた店名で囲む特徴的なデザインで、高級スーパーマーケットとあっていい値段で売られている。ちょっとしたステイタスだ。なにかのオマケでもらったわたしのエコバッグとはわけが違う。

今月はまだ一件も契約が取れていない。ここから縁を作るのだと、わたしはすがる気持ちで追いかけた。

「野々部です。覚えてますか」

駆け寄って隣に並ぶと、おばあさんが驚いたようすで距離を取る。

「先日はありがとうございました。おばあ……、いえ、その後、お身体の具合はだいじょうぶでしたか」

帽子の下が白髪だったので、先日はついおばあさんと呼んでしまったが、あれは失礼だった。いくらおばあさんでも、女性にかけてはいけない言葉だ。心なしかよそよそしかったのは、そのせいかもしれない。

「なんともありませんよ。ご心配なく」

ぼそぼそと、おばあさんが答える。

「よかったです。ねえ、聞いてくださいよ。あれから大変だったんですから。あの店長、警察に連絡するのは面倒だと思ったみたいで、全然取りあってくれなかったんですよ。たしかにわたしはお金を盗られずに済みました。けど今までも同じような被害に遭った人がいるかもしれないじゃないですか。だから防犯カメラを警察に提出したほうがいいですよ、って言ったんです。なのにわたしたちがいたあの通路は撮っていないから無理だって突っぱねられちゃって。でも出入り口には確実にカメラがありま――」

「あのね」

おばあさんがストップをかけるように口を挟む。

早口になっていただろうか。あれもこれも説明しなきゃと思うとついそうなる、悪い癖だ。

「なんでしょうか」

「あたし、急いでいるんだよ。のんびり歩いているように見えるかもしれないけど、ただ足が遅いだけでね。このあいだは目の前で財布が抜きとられたから、びっくりして声をかけたけど、そのあとなにがあったかなんて、教えてくれなくていいから」

おばあさんは、前を向いたまま話す。

「でも、突き飛ばされたじゃないですか。あれはひどいですよ。あ、そういえばわたし、あのとき傷害罪って言ったけど、調べたら違ってました。ああいったケースは暴行罪みたいです。怪我をさせたら傷害罪で、怪我をさせなくても暴力的な行為をした場合は暴行罪になるそうです」

「年寄りに難しい話をされてもわからないよ。……あたしはこっちだから。はいごめんください」

おばあさんが四つ角の手前で、右のほうを指さす。わたしもこちらなんです、とすかさず返した。

「お会いできてよかったです。お礼をしていないのが、ずっと気になってたんです」

「わざわざ追いかけてきて、ありがとうって言ったじゃないの」

「お礼ってそういう意味じゃありませんよ。わたし、財布の中に、運転免許証も健康保険証も入れてたんです。あとキャッシュカードに、クレジットカードも。盗まれたら大変なものばかりです。それを救ってくださったんですから。知ってます？　拾得物には五パーセントから二〇パーセントの謝礼が発生するんですって。だからわたし、お礼をしないといけないって思ってて」

おばあさんが小さな溜息をつく。

「必要ないよ。それに拾ったわけじゃないだろ。じゃあね」

「待ってください。せめてお荷物を持ちます」

おばあさんが両方の肩に下げていたエコバッグは、持ち手が薄手のコートにくいこんでいた。ペットボトルの醤油が顔を出している。

「重いでしょ、一リットルのお醤油。今日安かったんですか？」

そう言いながらエコバッグの持ち手に右手を伸ばすと、おばあさんが迷惑そうな表情になった。もしかしたら財布でも入れているのかもしれない。これはいけない。おばあさんから見えるように掲げ持つ。

「安かったよ。もういいからあんたも買いに行けばいい」

「わたしお醤油、買ったばかりなんですよ。わー、残念」

「買ったばかりなのにどうして訊くんだい」

「こんなにお荷物があるのに重い醤油を買ったってことは、安かったのかなって。わたしもつい、安さに惹《ひ》かれてあれもこれもってカゴに入れちゃうんですよね。それで帰り道にひいひい言いながら運ぶの。カゴに入れてるときに重さぐらいわかるのに、なんでだろ。あ、自転車。わたしも自転車があるといいんですけどねー」

抜き去っていく自転車を見ながら、あはは、と笑ったら、おばあさんは呆《あき》れたような表情でこちらを見てきた。一方的にしゃべりすぎただろうか。営業の基本は相手の話を聞くこと。なにげない会話のなかから相手のニーズを探り、最適な商品を提案する。でもどんな話題に食いついてくれるかわからないから、あれこれ話して取っ掛かりを探るしかない。

「……あのー、お名前を伺ってもいいですか？」

「どうして」

「だって話しづらいじゃないですか」

「おばあさんでもおばさんでも、好きに呼べばいい」

つっけんどんな言い方に、やっぱりこのあいだの呼び方には気を悪くしていたんだと思った。でも面と向かって謝ると傷を深めてしまうから、なにもなかったふりをする。

「じゃあ、おばさんで。おばさんの好きな食べ物はなんですか」

「どうしてそんなことを訊くの」

「雑談ですよ。黙ったまま並んで歩くの、変じゃないですか」

「別に並んで歩かなくてもいいだろ。さあ、ここでさよならだ」

おばあさんがエコバッグへと手を伸ばしてくる。どうして突然、と思ったが、団地の出入り口だった。昭和の時代に建てられた団地で、住む人もだいぶ減っていると聞く。その分家賃が安いから、わたしも引越し先の候補にしたけれど、使い勝手が悪そうだし、住人が少ないと防犯にも不安が残るし、とマイナスの面が気になってやめた。たしかエレベータもついていなかったんじゃないだろうか。

紀ノ国屋のエコバッグとは落差があるなと思ったが、バッグは少しくたびれていたので、昔は店を利用していたといったところだろうか。たとえば夫を亡くしてひとり暮らしで、コンパクトに住もうと思うなら集合住宅のほうが楽だ。

「お近くまで行きますよ」

「必要ないよ」

「ここに住んでいる人に用があるんです」

わたしは嘘をついた。嘘というより方便だ。だからこちらの方向に歩いていたんですよ、とつけくわえる。

「……ふうん。それならまあいいけれど。何号棟に?」

そこまでは考えていなかった。どう答えればいいだろう。

「えーっと、約束してたのは。……待ってくださいね」

考える時間をかせごうと、スマホを取りだすことにした。エコバッグを持っていないほうの手を鞄に突っこむ。先日の反省を受け、留め具がついた肩かけタイプのものに替えていた。左肩にかけた鞄を左手で探るのは難しい。肘を上げた姿勢でくねくねとしてしまう。

「いいよそこまでしなくても。別に知りたいわけじゃない。あんたの言う雑談だ」

「はい。あ、それでおばさんの好きな食べ物はなんですか」

わたしはほっとしながら訊ねる。

「またそれかい。なんでも食べるよ。好き嫌いはない」

「じゃあお菓子に限定して。和?　洋?」

「着いた。本当にここでいい」

おばあさんが五号棟の前で立ちどまった。再び手を出してくる。

「重いですよ。お部屋までお届けしますよ」

「承知の上で買ってきたんだよ。年寄り扱いしないでくれ。……年寄りには違いないがね」

「すみません」

わたしは頭を下げる。ひったくるようにエコバッグを持っていかれた。

それじゃあ、ともう一度頭を下げたが、おばあさんは建物の前に立ったままだ。わたしの方便を怪しんでいるのだろうか。仕方がないので、そのまま団地の奥へと進む。

しばらくして振り返ると、おばあさんは五号棟の右側の階段を上っていた。建物は、ふたつの部屋の間に中階段を持ち、階段のある面にベランダを有している。四階建てでその階段がふたつあるので、一棟十六室となる計算だ。

階段からの視線を感じた。こちらから階段のようすが見えるということは、向こうからも見えるということだ。わたしは慌てて向き直り、さらに歩を進める。

もう室内に入っただろうと思ったころに振り向くと、三階の、右から二番目の部屋に灯りがついた。

3

数日後の夕方、買い物から戻り、集合郵便受けを覗いてから階段を上っていたところだった。

扉のそばにパンプスを履いた足が見えたので不審に思ったら、あの女だった。

「こんにちは、野々部です」

「なんで」

そう訊ねると、野々部は笑いながら小さな紙の手提げ袋を突きだしてきた。

「お礼です。なにがお好きかわからなかったから、わたしの好きなものにしました。豆大福。このお店、すごく美味しいんですよ」

そういう意味ではない。なぜこの部屋がわかったのかと訊いたつもりだ。とはいえ答えは聞かずともわかった。このあいだ、野々部はあたしが部屋に入るまで見ていたのだろう。

いや見張っていたのだ。

どうして。

なんの狙いで。

「必要ないって言っただろ」

「それじゃ気が済まないんです。実はあのときお金を下ろしたばかりで、財布にけっこう入っていたんですよ。……あ、謝礼は要らないって言われてからこれ告白するの、ずるいですね。すみません」

そんなことはどうでもいい。

「わかったよ。もらっておく。どうもありがとう。それじゃあね」

要る要らないとごたごた話を続けるのは面倒だった。冷たい風も吹いている。さっさと帰ってもらおうと、そんな気持ちで受けとった。だいたいなんでこんなにしつこいんだ。気味が悪い。

鍵を取りだしても、野々部は帰ろうとしない。

「まだなにか？」

「おひとりぐらしですか？」

「あんたになにか関係あるかい？」

「ここの団地、人が少ないじゃないですか。いざというときに頼れる方はいらっしゃるのかなと思って」

「心配してもらわなくてもだいじょうぶだよ。健康には自信がある」

それ、と野々部が、人さし指を立てた。

「過信は禁物ですよ。わたし、仕事柄いろんな人とお会いするんですが、突然死って本当に多いんですよ。これから寒くなるでしょ、ますます増えます。朝、布団から出てすぐのトイレ、お部屋と脱衣所とお風呂、どれも温度差があるから要注意です」

「わかってるよ」

「このあいだ、知らない方から電話がありました。契約者さんのご遺族です。わたしの名刺があったけど、保険証券は見当たらない。息子は保険に入っていたのかって。まだ四十代、働き盛りだったんですよ。なのに急に亡くなったんだとか。独身でマンションにひとり暮らしだったから、地方に住むご両親が飛んできたそうです。逆縁はつらいですね。慰めているうちにわたしまで悲しくなってきて、人生って突然終わるんだなって、泣きそうになっちゃいました。最終的には保険証券も見つかって手続きもできたんですけど」

「あんた、セールスに来たのかい？」

野々部を睨《にら》む。

「そういうつもりでは。ちゃんとお礼に伺いたかったし、親切には親切で報いるべきだと思いました」

「もうじゅうぶんだから。それに保険にも入らない。七十過ぎてるんだよ」

「だいじょうぶですよ。今は八十歳でも入れる保険があります。うちの青山平成保険でも扱ってますよ。掛け捨てじゃありません」

「やっぱりセールスじゃないか。入らないよ」

目的がわかって、少しほっとする。保険外交員には、どれだけの数の契約を取らなくてはいけないという達成義務があるのだろう。それにしても八十歳でも入れる保険だなんて、ばかにされたものだ。よほど金に余裕のある年寄りからむしり取りたいとみえる。

「話の流れで紹介しただけですよー。本当に、なにかお役に立ちたくて」

「必要ないって言ってるだろ。あんた自分で、しつこいと思わないのかい」

野々部が、しょげた顔になる。

「実はわたし、二年前に離婚したんですよね」

「はあ?」

「浮気されちゃったんですよ。でもって相手の女が、今、元の夫と一緒に暮らしてるんですよね。それも以前わたしたちが住んでいた家でですよ。ひどいと思いません?」

たしかにひどいが、だからといってなぜいきなりそんな身の上話をはじめるのだ。あたしにアドバイスなど求められても困る。

「近くには住みたくないでしょ。誰だってそう思いますよね。だから心機一転、この街に引越してきたんです。でも地縁っていうんですか、そういうのがないんですよね。子供がいないからそっちのつながりもないし。そこにきて契約者さんの突然死でしょ。わたしも四十代、今、四十四歳なんですけど、他人事《ひとごと》とは思えなくなっちゃって。人の縁を大切にしたいと考えるようになりました。この地域の友達を増やしていきたいんです」

じっとりとした目で、野々部が見てくる。

その標的があたしということなのか。冗談じゃない。

「あたしは友達など増やすつもりはないね。誰かほかを当たってくれ」

「そんなこと言わないでくださいよ。頼りになりますよ、わたし。こう見えて力持ちだし、配線関係なんかもひととおりできます。そうそう、そこもポイントなんです。わたしが頼るほうになっちゃいけないと思うんです。寄りかかっちゃうから。人に親切にしていたら、巡り巡って親切が返ってくるんです。なんか、ことわざにありましたよね。情けは人のためならず、でしたっけ。あれは人のためにならないって意味じゃないんですよね。他人じゃなく結局は自分のためになるっていう――」

やめなさいというつもりで、あたしは聞こえよがしの溜息をついた。

「ぺらぺらとよくしゃべるね、あんたは」

「すみません。よく言われます」

「あたしはそういうのは苦手なんだよ。ほどこしも受けたくない」

「ほどこしじゃないですよ。それに人生の先輩として多少はわたしも頼りますし」

「人生の先輩だって?」

「はい。わたしこの先、働いて、自分の食い扶持をまかなって、運が良ければ年老いていくと思うんです。おばさんは未来のわたしの姿でしょ」

運が良ければ年老いていく。

それはあたし自身も思っていたことだ。人生をまっとうできないものはいっぱいいる。老人になるまで生きているのは、幸運なことなのだ。

この女を、近づけちゃいけない。

「いざというときに頼りになる人はいる。あんたの手は必要ない」

「どなたですか？　おひとりぐらし、ですよね」

あらかじめ洗濯物を見ていたのか、スーパーで購入した品物から類推したのか。たぶんそのあたりだろう。ここで嘘をついても無駄とみた。

「一緒に住んじゃいないが、息子がいるよ」

アメリカに行ったきり、音信不通。でもそんなことまで知らせなくてもいい。息子がいる、は、夫がいる、という嘘より効果がある。老人夫婦の世帯だなんて言おうものなら、この女は親切ごかしにますます距離を詰めてきそうだ。

「そうなんですか。安心しました」

「だからもうお帰り」

「はい。でも友達にはなりましょうよ」

何度、必要ないと言ったらわかってくれるのだろう。この女、真の目的はなんなんだ。

4

冷えてきた。

団地の中階段は、「中」と称していても野ざらしだ。二枚の玄関扉が向かいあう踊り場の床もコンクリート敷きで、足元から寒さが伝わってくる。そういえば朝、ストッキングにするかタイツにするか迷ったのだった。タイツにしておけばよかった。夕方になって風も冷たさを増したし。

おばあさんがスーパーに行くのはだいたいこの時間だろうとあたりをつけた。玄関のそばで待っていたら、ちょうど帰ってきた。そこまではよかったのだけど、どうしてこうも頑固なんだろう。将来への不安を覚えない人に営業するのは難しい。このおばあさん、あまりのんきそうには見えないのに。

とはいえ、息子がいることはわかった。おばあさんが無理でも、そちらに営業をかければいい。おばあさんの年齢から見て、息子はたぶん働き盛り、保険もひとつは入っているだろう。そこからの乗り換えや追加を図るのだ。結婚はしているのだろうか。家族がいるなら提案できる商品が増える。そのためにはまずおばあさんと仲良くならなければ。

そう思って、友達にはなりましょうよ、と笑顔で頼んだら、険しい表情になった。

「あんた、それ以上しつこいとストーカーだよ」

「いやだ、ストーカーってそういうものじゃないですよ。昔だったらなんて言うんだろう、つきまとい？　どこまでもうしろをついてきたり、家を見張っていたり、行く先々に現れる人のことですよ」

「似たようなことやってるじゃないか。このあいだはスーパーの帰りにここまでついてきた。そのまま見張っていたんだろ。今日は今日で突然現れた」

「そんなあ。このあいだはお礼が言いたかっただけ、今日はお礼の品を渡したかっただけです。見張ってなんていませんよ」

「ともかく帰ってくれ。これももういいよ。毒でも入っていたら怖い」

おばあさんが、豆大福の入った手提げ袋を押しつけてくる。

「やあだ。入ってるわけないじゃないですか。なんだったら一緒に食べましょう。それなら安心でしょ」

「そんなことを言って家にあがりこむ気だね。そうはさせないよ。帰りなさい」

「わかりました。帰ります。でもそれは召しあがってください。本当に美味しいんですよ」

「いらないよ。豆大福は嫌いなんだ」

このあいだ、好き嫌いはないって言ってたくせに。

なんて言うと余計に怒らせてしまうので、手提げ袋を受けとった。おばあさんは扉の前で立ったままだ。

「中に入らないんですか？　寒いでしょ。今日、風が冷たいですよね。わたし、タイツ穿《は》かなかったの失敗だったって思ってるところです」

「あんたが帰るのを待っているんだ。扉を開けたとたん、うしろから押し入ってくるかもしれないだろ」

さすがに噴きだしてしまった。

「強盗や痴漢じゃあるまいし。犯罪じゃないですか。それに女同士ですよ。ああ、女同士の恋愛もあるけど、わたしにそういう気持ちはないです」

「あたしもないよ。けどあんたがなにものか、わかったもんじゃない」

おばあさんは怖い顔をしたままだ。仕方がない。退散しよう。

「それじゃあ失礼します。……あの、本当に召しあがらないんですか」

「いらない」

わかりましたと頭を下げ、わたしは階段を下りていく。……あれ、痛い。おなかが痛い。冷えたせいだ。しかも下腹に音が鳴って……

わたしは一階分だけ下りて、下の階の扉の前でうずくまった。でもそうしていたところで、痛みは去らない。左右の扉を順に眺めた。表札は出ていない。出していないだけかもしれない。おばあさんの部屋も出ていなかった。人が住んでいるのかいないのか、インターフォンを鳴らさないとわからない。とはいえ、どの扉を叩けば開く確率が高くなるのかといえば。

わたしは階段を上った。おばあさんの部屋のインターフォンに手を伸ばす。

「あんた、いいかげんにしなさい。本当にストーカーだね」

扉の向こうから声がする。

「違うんです、おなかが。トイレを貸してください」

「今度はトイレ作戦かい」

「本当ですって。お願い。見えてますよね、扉にドアスコープありますもんね。わたしの顔、わかりますか。苦しんでますよね」

「ほかを当たりなさい」

「お願いです。誰も見ず知らずの人にトイレなんて貸さないですよ」

「あたしだって見ず知らずだよ」

「お願い……」

まったく、という声がしてレバーハンドルが動いた。扉が軋みながら開く。

わたしは腰をかがめて中へと入る。怒った顔のおばあさんに導かれてトイレを借りた。水を流しおえてほっと息をつく。

「ありがとうござ――」

「さあ帰って」

トイレから出るとすぐ、おばあさんが背中を押してきた。

「ご迷惑をおかけしました。でもどうしてそんなに頑《かたく》なに――」

「人間嫌いなんだよ。放っておいてくれ」

おばあさんの力は思ったより強く、わたしは瞬く間に外へと押しだされた。おばあさん――京《きょう》野悦子《のえつこ》さん。玄関の下駄箱の上に置かれたダイレクトメールが見えてしまった。

わたしはそこで気がついた。

京野さん、もしかしたら認知症の初期症状が出ているのかもしれない。認知症は怒りっぽくなると聞くし。息子さんはそのことに気づいているだろうか。ちゃんと治療しているだろうか。

5

あの女の目的は、家に入りこむことなんじゃないか。

親切を装ってあたしと仲良くなり、あたしに寄生する。たぶん、そうだ。

まずは敵を知らなくてははじまらない。あたしは行動を起こすことにした。普段とは違う化粧をする。昔の服を引っぱりだした。何年ぶりかで、低いがヒールのある靴を履いた。チャンキーヒールと呼ばれる安定感のある太いヒールなので、久しぶりでも転びはしないだろう。

野々部が押しつけてきた名刺はまだ持っていた。印字された青山平成保険の住所を確認して出かける。

このあたりには、昔、勤めていたことがあった。とはいえしばらくぶりだ。街のようすはすっかり変わっていた。知らない店がたくさんあって、角を曲がり損ねてしまう。普段見ている風景との違いに、めまいがしそうだった。

青山平成保険は大きなビルの数フロアを借りているようだ。昼時とあって多くの人がビルから出てくるが、誰がどこの社員かはわからない。

目の前のバス停でバスを待つふりをしながら、人波を根気よく眺めていると、聞き覚えのあるかん高い声がした。野々部だ。耳につく声がありがたい。

野々部は、三人の女と一緒に歩いていた。野々部と同じ年頃がひとり、十ばかり上と、十ばかり下の三人だ。スーツやジャケットなどかっちりした服装に、同じようなネームホルダーを首からかけているところを見ると、同僚のようだ。野々部の声が一番通っている。この時間にみんなが揃うのは珍しい、せっかくだからリッチに食べよう、なにがいいかな、などと話をしている。ちょうどいい。同じ店に行って彼女たちの話を盗み聞きしよう。野々部があたしに気づくことはないはずだ。あたしは昔、演劇をしていた。無名の劇団だが、舞台にも立っていた。そのとき培《つちか》ったメイク術は衰えていない。

野々部たちはいくつかの店を覗いたあと、外の黒板でメニューをたしかめて、コンクリートビルの一階だが赤煉瓦の壁を模した外観の洋食屋に入っていった。あたしも同じ黒板をちらりと見た。複数書かれたメニューはどれも千円前後、普段の食費から考えれば高いが、なんとかなる範囲だ。野々部たちもそうなのだろう、リッチが千円の時代なのだ。

野々部たちが案内されたテーブルのそばのカウンター席が空いていた。しめしめとあたしはほくそ笑む。これなら背中を向けて座ることができる。より安心だ。

「うちの社名変更の噂《うわさ》だけどさ」

野々部ではない誰かの声がした。

「青山平成保険じゃあ古いもんねえ。もう令和だし」

「そんな理由で社名変更しないでしょ。明治も大正も昭和も会社名についてるよ」

あはは、と野々部が笑いながら答えている。

「そういうことじゃなくて、どうやらフレア生命と一緒になるみたい」

「青山平成フレア生命保険？　みっつもくっつけるの？」

「銀行であったね。元の三社の名前を並べてつけてるの。今はひとつ減ったけど」

と野々部。

「違う違う。フレア生命に吸収合併されるらしいって別の噂を聞いたの。だから名前はフレア生命だよ。でなきゃ、まったく新しい名前になる」

えー、と女たちが口々に、沈んだつぶやきを発する。

「吸収合併か、厳しい現実だなあ」

「どうしよう、わたし……」

野々部が、さらに意気消沈した声で言う。

「どうしたのよ。フレア生命になにか悪い印象でも？　業界大手だよ」

「もうすぐ契約更新なんだよね。吸収合併ってことは、うちの立場が弱いわけでしょ。人が増えるからたぶんリストラがある。更新せずにこの機会に切るのが、一番いいタイミングじゃない。あ、いいっていうのは、会社にとって、ね。わたしにとっては最悪」

「あー、でも野々部さん、がんばってるし」

「そうそう。野々部さんは親切だしなにごとにも親身になってくれるって、評判だよ。上にも伝わってるよ」

「そうはいっても実際の契約数が……、あー、どうしよう」

「決まったわけじゃないから」

女たちが野々部を慰めている。

野々部は離婚しているという。子供はいない。これで仕事までなくしたら、寄る辺なき存在になる。新しいパートナーを見つけられたら生きていくのも楽になるが、そう簡単な話ではない。

きっと恋人もいないだろう。いれば年寄りに向かって突然、友達になりましょうなどとは言わない。地縁が必要だなんて、なにかにかぶれたような衝動を持ちやしない。

これはますます問題だ。

パートナーはなにも、恋人でなくてもかまわないのだ。利用できる人間さえいれば、それでいい。生きるためのお金は、働かなくては得られない。働くためには仕事が必要だ。けれど年金なら、定期的に入ってくる。運良く老人になれたものに。

やはり野々部は、あたしに寄生するつもりだ。

ああ、あのとき声をかけなきゃよかった。財布ひとつで、しかも他人の財布で、こんな面倒なことに巻きこまれるなんて。後悔先に立たずだ。

このまま野々部があたしを諦《あきら》めてくれるならいい。先日きつく言ったから、あたしに寄生するのはやめるかもしれない。別の人間に狙いを変えてくれないだろうか。

そうでないと、あたしも覚悟を決めないといけない。

6

やっぱり安い部屋にしておけばよかった。

わたしは自分の部屋で、電卓を手に計算を繰り返していた。無収入の状態で何ヵ月持ちこたえられるかのシミュレーションだ。離婚の慰謝料を切り崩すしかないが、もらったのは雀の涙だ。今の仕事の契約が終了になるなら、早めに次を見つけなければいけない。けれど契約や派遣で食いつなぐと、結局は更新のタイミングで仕事をなくしてしまう。歳も歳だから、仕事は限られていくだろう。ここは苦しくても腰を据えて、正社員になる道を探さなくては。

ここのところ暖房を控えているが、その程度では足りない。あとは、と、まだ白い壁を見つめる。築年数は浅く、三階建てのアパートながら出入り口はオートロック付き。防犯面を重視して選んだここは、量販店の安い家具でまにあわせるわたしには贅沢だったのか。

削れるのは部屋代ぐらいだ。二年前に越してきたから、こちらも契約更新の時期がきている。あの団地に移ろうか。

二年前に決心していればその分の家賃が浮いていたのに、と思うと悔しいけれど。

そうとなれば調べなきゃと、不動産屋に連絡をした。団地は空室が多く、いろいろ選べるという。間取りは古いけれど、新たに貸し出す部屋のメンテナンスはしっかり行っていると不動産屋は強調する。とんとん拍子に話は進んだ。

「野々部です。今度こちらに引越してくることになりました」

挨拶の品物を顔の前で掲げ、そう言って京野さんの部屋のインターフォンを鳴らすと、扉は薄く開いた。ドアチェーンがかかっている。

「……引越しだって？」

はい、とわたしは笑顔を作る。

「またとんでもない口実を考えたものだね。いいかげんにおしよ」

扉の隙間から、京野さんが睨んでくる。

「口実だなんて。本当に引越してくるんです。借りたのはこの五号棟の部屋なので、荷物の搬入でご迷惑をおかけするかもしれないでしょ。先にご挨拶をしておこうと思って。あの、これお渡ししたいので開けていただいていいですか」

「いらないよ」

「そんなことおっしゃらずに、こちらを」

と言いながら、持ってきた箱詰めの蕎麦を扉の隙間から差しいれようとしてみる。入らない。

扉の向こうで京野さんが、てのひらで押さえていた。わたしは位置をずらして押しこもうとする。

「ああもうっ」

苛立《いらだ》ったような声がして、乱暴に扉が開けられた。

「なにが狙いだ?」

京野さんは険しい表情をしていた。わたしはよりいっそうの笑顔に見えるよう、口角を上げた。

そういえば帽子をかぶっていない京野さんと会うのははじめてだ。きれいな白髪をしている。

「狙いなんてないですよー。もともとわたし、この団地と今住んでいるところと、どっちにしようかなって悩んでいたんです。防犯の面を考えてあっちにしたんですけど、やっぱり安いところがいいなって。節約したいんです」

「同じ棟にする必要なんてないじゃないか」

「知ってる人がいるほうが安心だし、安全性も増すじゃないですか。京野さん、これからよろしくお願いします」

京野さんが、茫然として立ちつくしている。

「……なんで」

「え？」

「あたしはあんたに名前を教えた覚えはないよ」

失敗した。たしかに教わっていない。先日トイレを借りたとき、ダイレクトメールの宛名を見てしまったのだ。でもそれは言っちゃいけない。

「えーっと、不動産屋さんで伺って」

「不動産屋が個人情報を漏らすものか」

「や、でも、ご近所さんはどんな人ですか、って話になって」

「どこの不動産屋だ。なんて担当者だ。文句をつけてくる」

「やだなあ、近くで暮らしていたらわかることじゃないですか。回覧板とかあるだろうし」

京野さんが鋭い視線を向けてくる。

「まだ引越してないんだね？」

「え、ええ」

わたしは怯む。京野さんの目つきはかなりきつい。

「じゃあほかの棟にしてくれ。この団地は空室がいっぱいある。好きに選べるはずだ。なにも同じところに住まなくてもいいじゃないか」

「えー、この団地古いから、少しでも安心したかったんですけど。京野さんこそ、なんでそんなにわたしを嫌うんですか」

「嫌いに理由は要らないだろ」

それはそうだけど、そこまで嫌われることをしただろうか。

「わたし、馴れ馴れしかったですか？　お節介だと言われたことはあります。親切のつもりなんですけど、親切すぎるって」

「親切なんてほしくないんだよ。放っといてくれ」

「そんな淋しいこと言わないでくださいよ」

「あんたはあたしに親切にして、取り入ろうと思ってるんだろ。うちに入りこもうとしているんだ」

「入りこむ？　いえそんな、住むのは自分の部屋ですよ」

「狙いはあたしの年金だね。仕事を失うからだね」

あれ？　わたし、契約を切られるかもって話を京野さんにしたっけ？　したかもしれないな。いろんなところでぼやいてたから。でも最後に会ったの、トイレを借りたときだよね。まだ合併の噂は聞いていなかったような気がする。

いやいやそれはどうでもいい。そんなことより誤解されている。

「年金を狙うだなんて、そんなつもりは全然ありませんよ」

「嘘をつくんじゃない」

「本当ですって。どこからそんな発想に」

発想というより、正直、妄想だ。

「あたしはスーパーでちょっと会っただけだよ。なのにしつこくつきまとって。なんの狙いもないなんておかしいじゃないか」

「すごく感謝してるんですよ、京野さんには。財布の中に全財産が入ってたんですから。あ、全財産って言ったのは、キャッシュカードがあるからですよ。そりゃ暗証番号を知らなきゃ下ろせないけど、数字四桁でしょ、単純じゃないですか。偶然一致する可能性がなくもないわけで」

「そうやってまたぺらぺらと無駄にしゃべって、煙に巻こうとしてるんだね」

どうしよう。誤解されたままになるのは嫌だ。でも京野さんは冷静さを失っている。やっぱり認知症じゃないだろうか。認知症の姑《しゅうとめ》からお金を取ったって言われるんです、なんて愚痴ってきた契約者さんもいた。そっくりだ。

早めに息子さんを紹介してもらおう。契約を取りたいのはもちろんだけど、単純に、心配だ。とはいえ今日のところは一時退散したほうがいい。とりあえず方便を使おう。

「京野さん、わたしこのあと予定があるので失礼しますね。こちらは引越し挨拶です」

持ってきた箱詰めの蕎麦を、改めて差しだす。

「だから引越しはほかの棟にしてくれと」

京野さんは受けとりを拒む。

「わかりました。不動産屋さんと相談します。でもこれは受けとってください。お蕎麦です。生麺なので、賞味期限が数日なんですよ。すんごく美味しいとこなので」

「いらないって言ったろ」

「引越しのご挨拶は必要ですよー。日本の文化じゃないですか」

わたしは紙の箱を押しやった。京野さんも負けじと押しかえしてくる。わたしはさらに押そうとして――

箱が上に飛んだ。

京野さんの腰が少し曲がっているせいで、箱は彼女の額のあたりをかすめて、空中を舞った。

「あっ」

わたしは慌てて手を伸ばす。しかしはずみで京野さんの髪をつかんでしまった。

一秒もないはずなのに、スローモーションのように感じる。わたしの手には、京野さんの頭。

違う。白髪のウィッグだ。そして箱詰めの蕎麦はコンクリート敷きの床に落ちた。

なにが起こったのかわからないまま、京野さんの顔を見た。正確には頭を。

京野さんの髪は黒かった。白髪交じりだが、いわゆるグレイヘアーと呼ばれる状態より、黒のほうが勝っている。その髪の下、京野さんは青白い顔をして立ちすくんでいた。

わたしはかなりの間抜け面をさらしていたと思う。口が開いているのが自分でもわかった。どうふるまえばいいのか判断がつかず、わたしもまた立ちすくんでいた。

突然、腕を引かれた。

なぜ？　と思う間もなく、強い力で部屋の中に引っぱりこまれたわたしは、ああ靴を脱がなきゃいけない、とそんなことを考えた。

「あんた、見たね」

京野さんの顔は、びっくりするほど赤い色に変わっていた。相当怒っている。

「あの……」

いつの間にか扉は閉められていた。

「あ、えっと、お、おしゃれですね、白髪のウィッグ。途中経過なしで白一色のほうがいいって感覚、わかりますー。わたしも将来はどうしようかと」

京野さんが台所へと歩いていく。シンクの扉を開け、なにかを取りだした。

え？　包丁？

それを前に突きだして向かってくる京野さんの腰は、もう曲がっていない。

「どういうこと？」

「風呂場に行きな」

京野さんが顎をしゃくって方向を示す。

「な？　なんで」

「部屋を汚したくないんだよ。さっさと行きな」

それは、わたしを殺すってこと？　どうして。

「い、嫌です」

ひとつだけわかったのは、京野さんはおばあさんじゃないということ。

ちっ、と舌打ちが聞こえたかと思ったら、京野さんがこちらに突っこんできた。包丁を胸元で持ち、刃を向けている。

わたしはかろうじてかわした。背中が食卓に当たる。

京野さんとの距離はさっきより近い。京野さんが包丁を振りかぶる。わたしは横に逃げた。二の腕に、焼けたような痛みが走った。え、切られた？　わけがわからなすぎて考えがついていかなかったけれど、本気なんだと実感した。

逃げなきゃ。

どうやって逃げる？　ここは三階。窓は無理だ。玄関しかない。でも京野さんは玄関を背にしている。

わたしは食卓をくぐって反対側に出た。

「助けて！　誰か！」

「向かいもあっち側の隣も空室だ。叫んでも聞こえないよ」

京野さんが食卓を回りこんでこようとする。わたしは食卓の片側を持ちあげながら京野さんのほうに押した。

京野さんが後退しながらたたらを踏む。食卓の上にあったものが、京野さんのほうに降りかかる。しりもちでもついてくれればその隙に逃げられると目論んでいたけれど、京野さんは姿勢を低くし両足を広げて踏ん張り、転ばなかった。そのようすにふと思いだす。

もしかして最初に会ったときは、わざとしりもちをついたのでは。

玄関への道は閉ざされた。

これはもう。

わたしは手あたり次第に物をつかんで京野さんに投げつけた。取り落としてくれるよう、包丁を持つ右手を狙う。京野さんは左手で首元のスカーフをはずし、包丁を持つ手に巻きつけた。わたしの狙いがばれたのだ。

わたしは背後を確認しながら、じりじりと部屋を奥へと進む。最近ぐっと寒くなってきたからか、こたつが置かれている。

そうだ、こたつ。

京野さんが両手で包丁を持って脇を締めた。突っこんでくるつもりだ。

来た。

わたしはこたつの天板を持った。向かってくる京野さんに天板ごとぶつかる。京野さんのうめき声がした。そのまま押していく。むこうずねを蹴られた。痛いけれど我慢してなお押した。ふっと軽くなったと思ったら、京野さんが横から回りこんできた。包丁で刺されそうになったところを天板で防ぐ。

京野さんが回りこんだせいで、彼女の背後が壁になった。これはいけるかもしれない。そのまま天板を押していった。天板と壁で京野さんを挟むような形にして、なお力を加える。天板はガタガタと揺れた。京野さんの顔も手も、天板の向こう側。出ているのはパンツ姿の脚だけだ。また蹴ってきたがこちらまで届かない。下から出ていかないよう、出ていっても素早く動けないよう、わたしは足でこたつぶとんをたぐりよせた。京野さんのほうへと追いやる。

「苦し……」

くぐもった京野さんの声がした。

「包丁を捨てて！」

「力緩めて」

「捨てて！」

天板の向こうでなにかをこする音、続いて振る音がしたのちに、包丁が落ちてきた。こたつぶとんの上に落ちたので、足で端をめくりあげて包丁にかぶせた。

「苦しい。早くっ」

京野さんが焦《じ》れたように叫ぶ。わたしは力を緩めず、なおも天板で彼女を圧迫する。

「ダメです。殺されかけたんですよ」

「もうなにもしない」

「じゃあ手を上げてください」

「力を緩めてくれないと上がらない」

「無理すれば上がるんじゃないですか」

やがて、うめき声とともに京野さんの両方の手が、ゆっくりと天板の上に現れた。右手にはスカーフが絡みついている。

わたしは自分の身体で天板を押しながら京野さんの手をつかむ。その拍子に天板が落ちた。床ではなく、京野さんの足の甲にだ。悲鳴があがった。

京野さんには抵抗されたけれど、なんとか、絡みついていたスカーフで京野さんの両手を縛ることができた。前でしか縛れなかったので、そのまま首元まで手を持っていき、スカーフの長さを生かして首と手を寄せて結んでおいた。京野さんは疲れたようにしゃがみこむ。

「いったいどうしてこんなこと」

訊ねるも、京野さんはわたしを睨みつけるだけで口を開こうとしない。

やっぱり京野さんは七十代のおばあさんではない。首周りの皺が少なかった。髪が黒い。なにより動きが機敏だ。

「警察呼びます」

「やめて。ここから出ていくからやめて」

「そんなわけにいきませんよ。包丁で刺そうとしたじゃないですか。怪我だってしたし」

「あんた、財布のことであたしに恩義を感じてるんだろ」

「そういう問題じゃないでしょ」

わたしも京野さんを睨む。

睨みあいになった。しばらくそうしていたら、京野さんがふっと視線を逸らした。思わずそちらを見てしまう。

頭突きをされた。

おなかのあたりを突かれたせいで息が詰まり、よろけてしまう。見れば京野さんは、肘で押し入れを開けていた。なにかの紐を口でくわえる。鞄だ。

どういうことなんだろうと困惑して動けなかった。そのすきに京野さんは、不自由な手のまま器用にも扉を開け、逃げていってしまった。

7

わたしは警察を呼んだ。

スーツ姿に腕章の人と制服の人が何人かやってきた。状況を説明したが、警察官は冷静な顔を保ちつつも話に納得がいかないのか、たまに不思議そうに目を見開く。なぜ突然そんなことになったのかと訊ねられても、わたしにわかるわけがない。

部屋を調べるよと確認され、京野さんの部屋なんだけどと思いながらもうなずくしかなく、一度説明した状況をまた最初から別の人に語った。そのときだ。

うわあ、という驚きと恐怖が混じったような叫び声がした。

「こ、これ。衣装ケース」

なんだなんだと、わたしから聞き取りをしていた人まで浮足立つ。

京野さんと格闘した部屋から、制服の人がその人を呼びにきた。わたしもついていく。押し入れの前で、何人かがしゃがみこんでいる。

「あなたは見ないほうがいいです」

ひきつった顔をした制服の人が、わたしを止めた。

「なぜですか？」

「……死体が入っているんです。干からびてミイラ化した死体が」

そこから記憶が飛ぶ。


あとのことは、ネットと週刊誌に教えてもらった。

わたしは被害者だというのに、警察は詳しい話をしてくれないのだ。

押し入れから見つかった死体は、京野悦子だった。あの部屋の借り主だ。死亡推定時期は、はっきりとはわからないようだ。五年前に夫を亡くしているので、それよりはあとらしい。生きていれば今年、七十五歳だったという。

ではわたしが京野だと思っていた女性は誰なのか。

花岡朋美《はなおかともみ》、というそうだ。年齢は五十八歳。若いころは、小さな劇団に所属しつつ、会社員をしていた。バブル期の終焉とともに会社が倒産し、劇団もなくなり、結婚はしたものの長くは続かず、その後は派遣やアルバイトで生活をしていた。

週刊誌の取材に応じた朋美の友人が、最後に彼女に会ったのは三年前だと語った。無職になったばかりで、仕事を探していると言っていたそうだ。その後はスマホだけでつながっていたが、連絡はほぼ途切れていた。住んでいる場所もそういえばもう知らない、都内か周辺の県だろうと、その程度の認識だったという。友人は多くなかったと週刊誌は報じていたが、本当なのか、ほかの人に取材できなかったのかはわからない。

京野悦子も友人が少なかった。鬼籍に入る人が増えたというだけでなく、夫の死後、生活が変わって、縁が切れていったのだ。

一般に、夫より妻のほうが、配偶者を亡くしたあと長く生きる。わたし自身セールストークでさんざん口にしてきたし、データ上もそうだ。残された女性はそれまでよりも元気に生きていく。ただし、一般に、データ上では、だ。そうではない女性だっている。悦子はそうではないほうの女性だった。夫婦仲が良く、なにをするにも夫に頼っていた。夫の死後は意気消沈し、うつ気味だったという証言もある。友人が旅行に誘っても出てこなかったそうだ。そうやってだんだん縁が切れてしまったという。これも週刊誌の話だが。

息子はたしかにいた。アメリカ在住だけど。悦子の夫、つまり彼の父親の病気や死にあたって帰国が遅れたことや、遺産の相続などでもめて、その処理が終わってからは音信不通の状態だったという。夫婦の住んでいた家が、夫の遺産の大半だった。相続税が高く、売ってお金に換えるしかなかった。悦子はそのタイミングで団地へと居を移した。地縁が消えたのだ。団地は住人が少なく、悦子もほとんど外出しなかったという。いつから朋美が住み着いていたのかも、わからないようだ。

　とはいえ悦子には、会社勤めだった夫の遺族厚生年金があった。リタイアするまでの給与にも左右されるが、現在、七、八十代の人の厚生年金は、それなりに恵まれた額がもらえる。本人分ならある程度は豊かな暮らしができるし、配偶者が受けとる遺族厚生年金となって減額をされても、老齢基礎年金と合わせれば生活に困らない。あの紀ノ国屋のエコバッグも、もとは悦子の持ち物だったのだろう。

　一方の朋美は、国民年金の支払いが何度か免除されていたという。所得が少ないと申請すれば保険料を免除してもらえる制度だ。未納もあった。この三年は、まったく払われていない。

　どういうきっかけでふたりが知りあったかはわかっていない。けれど遺体の状況からみて二年前より以前、朋美の最後の就労が終わった三年前以降、そのどこかで朋美は悦子になりかわった。

　京野、いや朋美は、わたしに訊ねてきた。

　なにが狙いかと。

　自分の年金を狙っているのではないか、わたしが仕事を失うからだねと。

　彼女自身がそうやって悦子のもとに入りこみ、どこかでなりかわり、悦子のふりをして生きてきたからだ。同じことをされると思ったのだ。二年前から三年前というと、朋美は五十五歳あたり。仕事の選択肢の幅も狭まってきていただろう。公的な年金をもらうにはまだ時間があるし、生活できる額がもらえるとも限らない。保険料免除や未納があったから減額もされる。個人で保険をかけているとは思えない。

　だから、悦子の財布に目をつけた。ただの女の財布ではない。潤沢な年金が定期的に入ってくる財布だ。

朋美が捕まったのは、わたしが襲われてからなんと二週間も経ってからだ。

劇団員のころに覚えたメイク術を生かし、別人にも見える顔で清掃員のアルバイトまではじめていた。その施設で痴漢騒ぎがあって警察が立ち入り、たまたま気づかれたのだという。捕まらなければ、彼女の名前さえもわからなかった。団地には朋美自身の身元がわかるものがなにも残されていなかったのだ。当然、写真もない。捜査に使った写真は、わたしから聴き取ったモンタージュと、逃走中に映りこんだドライブレコーダーのものだったとか。

殺人と死体遺棄の疑い、それが朋美の主たる罪だそうだ。年金の不正取得という詐欺行為やわたしに対する殺人未遂も加わるはずだ。

どうりで、とわたしは納得した。それは逃走用の鞄だって準備しておくだろう。わたしを殺すこともためらわない。

朋美は逞《たくま》しい。思ったより軽傷だった二の腕がすっかり治ったこともあって、わたしは怒るよりも感心してしまった。


翌月、フレア生命が、青山平成保険との合併を正式に発表した。同日、わたしの契約は更新しないと通知された。

新しい仕事をがんばって探そう。今、わたしは四十四歳。朋美とは違う。まだなんとかなる。

それでも、とわたしは保険をかける。やがてやってくる将来のために。

顧客名簿を、コピーした。

04

きみのための探偵

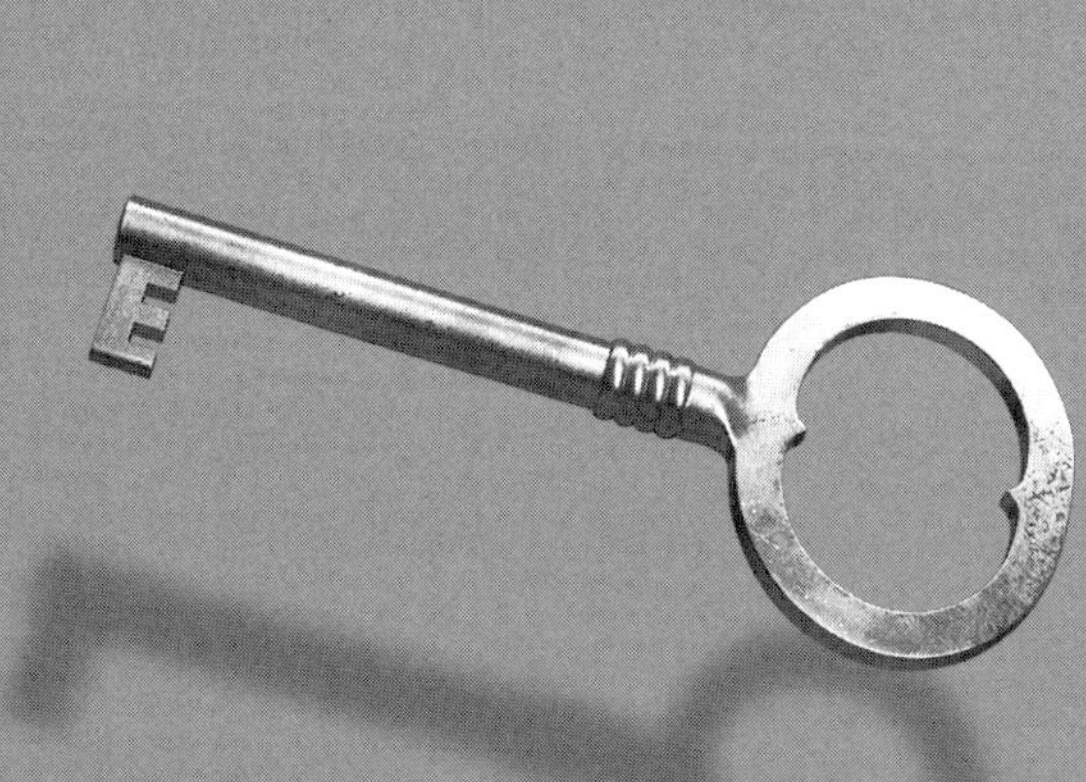

「卒業」という映画がある。男が教会から、結婚式のさなかの花嫁を奪って逃げるシーンで有名だ。

正直、僕はそこしか見ていない。小学生のころ、ジュースを飲みにリビングダイニングに行ったら、両親がテレビで観ていたのだ。うちの両親はときおり映画のビデオをレンタルして、土曜の夜にふたり仲良く夜更かしをしていた。

アクション映画には僕も誘われる。でも誘われない映画もあって、そういうのは、僕に見せられないシーンがあると理解していた。興味がなかったわけじゃないが、親の小言を受けずにゲームをする時間のほうが貴重だ。

誘われなかった「卒業」だけど、ラストシーンに害はないと思ったのだろう。ビデオは停止されなかった。怖い顔をして怒るおじさんとおばさん、大きな十字架を手に暴れるおにいさん、彼と一緒に逃げるウェディングドレス姿のおねえさん。なんだこれはと思った。

長じて、結婚式場から花嫁または花婿を略奪するシーンを持つドラマや漫画が、この「卒業」をヒントにしていると知った。

――だからって、まさか、目の前で見るとは。

教会ではない。ホテルの披露宴会場だ。余興のひとつが終わったあとで、高砂席《たかさご》にいる新郎新婦にお酌《しやく》でもしようと列席者の誰かが向かっている、そんな印象だった。男が部屋に入ってきたところは見ていない。

でも男は上着こそジャケットだがジーンズを穿《は》いていて、歩くスピードも速く、どこか変だと思う間も与えず花嫁のもとに到達し、腕をつかんだ。そして叫ぶ。

「志帆《しほ》、愛してるんだ！」

泣いているのか笑っているのか。くしゃりと顔をゆがませて、志帆が小さくうなずく。

男に引っぱられながら、前だけを見て、志帆は部屋を出ていった。

「卒業」では関係者が怒り狂っていたけれど、披露宴の会場にいる人たちはあっけにとられていた。高砂に残された花婿の善太《ぜんた》――戸沼《とぬま》善太でさえ、ぼうっと宙を見ている。双方の両親も、困惑して互いに顔を見合わせていた。

「これってネタ？」

同じテーブルにいた高校の同級生が、ぼそりとつぶやく。

「かも。……でも、だったら奪い去る役は、相方の田沼《たぬま》じゃねえの？　それか義家《よしいえ》」

別の同級生が、僕を名指ししてくる。慌てて手を横に振った。

「僕はもう、そっちの世界とは縁を切ってるから」

失言したとばかりの表情をされた。そのほうが傷つくんだけど、と思いながらも、僕は鷹揚《おうよう》な笑みを浮かべる。

「じゃあ、もしかして今の、……まじ？」

ネタとつぶやいた同級生が、眉をひそめる。

ほかのテーブルでも、似たり寄ったりの会話がされていたのだろう。ざわめきがだんだんと大きくなり、波のように広がる。やっと善太が立ちあがり、テーブルの間を縫って扉へと突進した。


「志帆ちゃんとはそれ以来、連絡取れないの？」

半年余ぶりに僕が勤めるコンビニにやってきた厚木《あつぎ》さんは、大きなおなかをしていた。現在妊娠八ヵ月だそうだ。里帰り出産を選んだけど生まれるまで暇だからと、数日おきに数時間ながらシフトに入った。なにかあると怖いのでやめてほしい。でも厚木さんの叔父にあたる店長が許したんだから、僕が口を出す話ではない。

「はい。メッセージアプリは通じないし、スマホの電話番号も解約されてるって、善太が」

客が来ないのをいいことに、僕らはカウンターで会話を続ける。

「沼兄弟、いじられてたね。披露宴には先輩芸人さんも招待されてたんでしょ、バラエティ番組で司会をやってる人が。そこで暴露されたせいでネットニュースになって、やっと私、知ったんだよ。義家くんったら教えてよ。水臭い」

「言っていいことかどうか、わからないじゃないですか」

善太は、田沼昌也《まさや》という四歳年上の相方と、「沼兄弟」という名でお笑い芸人をやっている。互いの苗字に沼の字がつくという理由で組むことにしたそうだ。俺らの沼にハマってください、という合言葉で知られて……いるのだろうか。お笑いマニアを自称する人は知っている、ライブステージに来るコアなファンはいる、というレベルで、コンテストは中ぐらいの位置で敗退、その他大勢でテレビに出ても今一歩。そうはいっても結婚披露宴というハレの場だ。事務所の先輩や、田沼のつながりからテレビのバラエティ番組で司会を務める人気芸人が顔を出していた。

　こないだ戸沼の結婚式出たんやけどびっくりしたわー、とその人が突然言いだして、ひな壇の端にいた善太があたふたする場面が切り取られて各種ＳＮＳで流れたのが、披露宴の六日後のことだ。沼兄弟の名前は、検索の急上昇ワードに浮上した。花嫁が略奪されただなんて、いずれ人の口に上る話だ。生放送が売りの番組に出た以上は、善太にだって暴露される覚悟はあっただろう。

「あー、私も行きたかったな。ほんのちょっと待っといてくれたら、こっちに戻ってたのに」

「僕は善太のほうの招待ですよ。高校の同級生枠で、志帆ちゃんの招待客もほぼ同級生で、職場の友人も同世代。ちょうど派遣契約の切れ目だったみたいで、上司はいなかった。厚木さんはなに枠で出席するんですか」

「以前の職場の友人でいいじゃない。二十九歳と三十八歳だってざっくり同世代でしょ。失礼ねー。そっちこそ、お笑い芸人枠じゃなかったの？」

　逆襲された。とはいえ厚木さんのように無神経につついてくれたほうが僕も気が楽だ。

　僕、義家友彦《ともひこ》と善太は高校時代からコンビを組んでいた。文化祭で上演したコントは爆笑されたし、他校の女子からファンレターももらった。卒業後は親の猛反対を押しきり勘当同然の上京をして養成所に入り、「まいごっど」という名で活動をはじめた。真面目タイプの僕がボケ担当で、チャラいタイプの善太がツッコミ、そのコントラストが面白い、はずだったが、ずっと鳴かず飛ばずのまま。空席ばかりのライブは沸かず、オーディションでは後輩に負け続け、ふがいなくてメンタルが削られる毎日。貧乏が染みついて薬代を惜しみ、ただの風邪から肺炎になって入院、ますます金がなくなるという悪循環におちいり、辞めるなら早いほうがいいとリタイヤした。僕は二十六歳になっていた。

ちなみにまいごっどとは、my God――神よ、という意味でつけた。大変だ、なんてこった、というネタを集め、コントを披露していた。

コンビを解消した日、善太はつぶやいた。まいごっどって迷子の意味だったのかな、と。キレが足りないだろ。ネタはふたりで持ち寄っていたので、これでよかったのだと納得した。実家が太い善太は生活の苦労が少なく、まだまだ足掻《あが》くと言った。

あれから四年。相方を田沼に代えた善太は、役割もボケに変えた。それがよかったのか、なんだかんだと生き残っている。お笑いの世界とは縁を切った僕だが、善太のことは応援しているし、ライブも見にいっている。

僕は生活のためにやっていたこの店でのバイトがメインになった。すぐに就職活動に切り替えなかったのは、店長がぎっくり腰になったからだ。ずっとシフトの融通をきかせてもらっていたので、恩を返したかった。コンビニになるまえは店長が経営していた酒屋という、なじみ客のいるアットホームな店だったせいもある。その後もハローワークや求職サイトを利用して仕事を探していたけれど、就職することなく今に至る。厚木さんも志帆も、この店のバイト仲間だった。厚木さんはバツイチになってから五、六年間、志帆は最初の職場を辞めてから一年ほど勤め、遠方の人との再婚と再就職で、それぞれ辞めていった。

「真面目な話、義家くんは芸人に未練はないの?」

「僕はもう全然。こんな形であっても、善太が注目されるのは嬉しいですよ。結局善太は志帆ちゃんに逃げられちゃったけど、僕がキューピッド役になったから気になってて」

正直、キューピッドになどなりたくなかった。善太たちの出るお笑いライブチケットが売れないというので、志帆を誘ったのが一年と少し前のことだ。派遣とはいえ志帆の再就職が決まったお祝いでもあった。その日のライブはさほどいい出来とも思えなかったが、志帆のツボにはまったようだ。面白かった、連れてきてくれてありがとう、と言われたのでまた別のお笑いライブでも、それとも映画に誘おうか、なんて考えている裏で善太と志帆は急接近していた。ふたりはその日が初対面だったというのに。やがてつきあっていると善太が告白してきて、僕は、売り物の卵のパックを三度も落とした。

「義家くんが責任を感じる必要はないし、離婚にはパワーがいるから秒速で別れられてよかったかもしれないよ」

物騒なことを言いながら、厚木さんが僕をじっと見る。

「入籍はまだだったそうです。婚姻届の証人欄記入の権利を競りにかけるという余興を考えていたって、善太が言ってました」

「バカだねえ。でもバカが幸いしたか、双方に」

「志帆ちゃん、あの男とどこに駆け落ちしたんだろう」

「さあねえ。でもそのうち、ほとぼりが冷めたころに連絡してくるんじゃない?」

「くるとしたら、善太の友達でもある僕じゃなく、厚木さんのほうだと思います。きたら教えてください」

「私、披露宴呼ばれてない人だよー」

「おなかが大きいから気を遣ったんですよ。善太とのことも賛成してなかったでしょ」

僕の芸人時代からここで働いていた厚木さんは、善太とも数回会ったことがある。志帆ちゃんがあのチャラい男と？　と、交際を知ったときに渋い顔をしていた。

「不安定な職業だから心配してたの。あんたもだよ、義家くん」

「僕？」

「もう三十でしょ。そろそろ本気出さないと。職業訓練校に行くとか、勉強して資格を取るとかしたら？　バイト生活のままじゃ先がないよ」

「だいじょうぶです。まさに今、職業訓練校に行くためにお金を貯めている最中です」

「そうなんだ。なにをやる予定？」

「探偵です」

数秒、いや十数秒、沈黙があった。

「それは新しいネタ？」

「いまさらネタ作ってどうするんです。本気で言ってますよ」

「どこから出てきたの、探偵なんて」

「店長に聞いてませんか？　うちの店で探偵に協力したことがあったんです。ある少年がこれから万引きをするので、捕まえたあと警察ではなく自分に連絡がほしいという依頼が、探偵を名乗る男からあったんです」

「犯行予告かな？　それ」

「いじめられていたんです、その少年は。内偵の結果、脅されて万引きをさせられるとわかったので、それを機に彼を助け、加害者を一網打尽にしようとしたわけです。見事成功しました。あとで顚末《てんまつ》も教えてもらって、感動したなあ。究極の人助けですよ」

はあ、と厚木さんが呆《あき》れたような溜息をついた。

「で、探偵に憧れを抱く、と。単純だねぇ」

「僕、平凡で特徴のない顔じゃないですか。記憶に残らないから芸人としてはマイナスだったけど、探偵には向いているらしいです。それに人の顔やしゃべり方、癖を覚えるのが得意なんですよね。これはお笑いの修行で人間観察を重ねた成果です。記憶力もいいほうだし」

「向いている、って言ったのは誰？」

「その探偵さんです。顚末を伺った翌日に連絡を取って、雇ってほしいって頼んだんだけど、忙しくて教える時間がないから、養成学校を卒業した人間しか採らないって言われて。だからネットで学校を探しました」

そんな学校があるの？　と驚いた厚木さんは、スマートフォンで検索をしていた。あるんだー、と感心したようにつぶやく。

「ホームズのように、警察もお手上げの犯罪を解決するわけじゃありませんよ。あれは物語の世界です。近い案件として弁護士さんの下請けもあるけど、浮気調査や身元調査、人捜し、最近増えてきてるのがいじめの内偵といったあたり。地に足のついた仕事です」

「地に足、ねえ。芸人さんよりは、まだついているのかな。……おなかのなかにいる子が大人になるころは、どんな職業が流行《はや》ってるんだろう。廃れる仕事には就いてほしくないけど」

六歳しか離れてないのに、厚木さんは僕の顔を、母親のように眺めてくる。

「人がいて、そこに対立や利害がある限り、探偵の仕事はなくならないと思います」

沼兄弟へのいじりは、披露宴に呼ばれた先輩芸人だけでなく、話題の急上昇ワードとばかりに乗っかるマスコミによって連鎖的に広がっていった。ＳＮＳでも拡散されている。

もうひとつ、それに乗っかって拡散され続ける映像がある。披露宴会場を出ていく男と志帆のうしろ姿だ。誰が撮って流したのかはわからない。ショッキングなできごとがあればこぞってスマホを向ける時代とはいえ、あまりに突然だったので撮影者も慌てたようだ。ふたりとも背後からしか映されておらず、顔はわからない。

だから絶対にあのときの男だと、断言はできない。

でも今、酒瓶や大鉢に入った料理の並ぶカウンターの内側にいる男は、志帆の手を引っぱっていったやつじゃないか？

普段は緊縮財政を敷いている僕だが、月に一度の贅沢と、自分に居酒屋での飲食を許している。ここは一品の単価が安い大衆居酒屋ながら全般に美味しく、なかでも漬物とだし巻き卵は絶品だ。

僕は注文も忘れ、カウンター越しに男の顔をじっと見つめていた。眉が濃くて目が大きく、分類上はハンサムなほうだろう。ただ口角の左右の高さが少し違い、崩れた印象を与えている。歳は三十半ばといったところか。あの男と同じ顔に見える。

男は僕の視線に気づいたのか、伝票を手に、身を乗りだしてきた。

「お決まりですか？」

張りがあり、少し鼻にかかった声。ああ、この声だ。愛してると叫んだ声だ。

「えっと、……あの、どこに」

「メニューですか？　壁に。今日のおススメは黒板にも」

違う。志帆とおまえはどこにいるんだ、と訊ねたつもりなんだよ。

僕は男の顔を睨《にら》む。男は不審そうに一瞬眉をひそめたが、すぐに笑顔を作り、決まったらお声かけくださいと言って顔をそらした。

カウンター奥の厨房から声がかけられ、男がそちらに向かう。

僕は混乱していた。こんな近くにいたなんて。あの男、いつからここに勤めていたんだろう。結婚の祝い金を作るために自粛して、三ヵ月ぶりの来店だ。いや、そんなことはどうでもいい。問題は志帆だ。志帆は幸せでいるんだろうか。

男に訊ねようと、視線をやる。

彼は注文の品を持ってテーブル席に向かっていた。はっきりした派手な色の服と、それとは正反対を選んだかのように淡い色の服の女性二人客が、四人席を使っている。皿を置いたと同時に一方の女の手が伸び、男の腕をつかんで空いた席に座らせた。

「おいおい、仕事中だよ」

「いいじゃん。せっかく来てやったんだから。みっちゃん、これがあたしのカレシ」

と派手な色の服の女が、淡い色の服の女に言った。

店はざわめいていたが、彼らの会話はするりと耳に入ってきた。僕は知らない間に立ちあがっていた。足が動く。

「おい、どういうことだよ。志帆はどうしたんだ！」

座ったばかりの男に詰め寄り、怒声を浴びせる。

男は茫然としたまま動かず、女の一方はおびえたように身を引き、もう一方が腰を浮かせて声をあげた。

「誰よ、あんたは」

これがあたしのカレシ、と言ったほうだった。服の色に負けず、メイクも派手だ。

「志帆の友人だよ。彼女の結婚披露宴にいたひとり。あんた、志帆を連れてっただろ」

ありえない。志帆を連れ去っておいて、別の女のカレシだと？

「ひ、人違いだよ。なんの話だよ、いったい」

人違い？　と僕は少し怯《ひる》んだが、男の顔を見ていると、やっぱりこいつだと思った。うしろ暗そうに、目を僕からそらしている。

「いやたしかにあんただよ。志帆はどこにいるんだ」

「だから人違い……」

「人違いって言ってるでしょ、しつこいわね」

派手女は立ちあがっていた。芝居がかったように周囲を見回し、ちょっと誰かー、と声を大きくする。ほかの従業員がやってきて、僕はやんわりとだが店外へと出された。

食欲が失せたまま、アパートへの道をひとり歩く。

春の生ぬるい空気が、夜のなかに漂う。僕の頭のなかにも、ぬるりとした不快感が貼りついたまま出ていかない。

本当に人違いなんだろうか。顔といい声といい、そうは思えない。これがあたしのカレシと言い張る派手女の手前、そう言うしかなかったのかもしれない。

二股、そういうことなのか。志帆も愛しているけれど、あの女も無下にはできないと。けど、披露宴会場からあんなふうに連れ去っておいて、もうひとりともつきあったままだなんて冗談じゃない。気が強そうな女だったけど、よほど怖いのか？

だったら志帆はどうなるんだ。志帆はなにも知らないままなのか？

志帆のことが、好きだった。

素直でよく笑う志帆、客の無理難題に笑顔で応えるものの裏で泣いていた志帆、守ってあげたいと思った。だけど仕事仲間だから、断られたら顔を合わせづらい、と気持ちを告げることができなかった。バイト暮らしという不安定な立場だったこともある。

でも志帆がコンビニを辞めて派遣の仕事に就くことになり、互いに不安定な仕事だけどふたりで働けばなんとかなると、告白する決心をした。それでも一気に距離を詰めることはできず、ふたりきりで会うことを重ねて気持ちをたしかめてからと考えていた。そんな矢先。

善太にかっさらわれた。

なにかの間違いではと思い、一縷《いちる》の望みをかけて、善太と交際しているのかと訊ねると、志帆は恥ずかしそうに頬を染めた。僕は志帆との距離を置いた。善太とは、コンビ解消以降はたまに連絡を取る程度だったのでそのままだ。関係を断ち切ったら、僕の気持ちがバレてしまう。

志帆への気持ちはもう消えた。そう思っていたころに結婚の話を聞いて、出席を決めた。心からの祝福を贈るつもりだった。

だけど――

志帆、愛してるんだ！

あの叫びを聞いて、羨《うらや》ましくて、少し悔しかった。志帆と善太の間に、志帆とあの男の間に、なにがあったのかはわからない。でも志帆がついていったんだ。前だけを見て。志帆が決めたことなんだ。

どこかで幸せになるのだろう。連絡がこないのは親も友達も捨てての駆け落ちなのだろう。そう、思っていた。

なのにどういうことだ。

このままじゃ納得いかないと、僕は踵《きびす》を返した。


居酒屋の閉店時間まで、出入り口の脇で待った。明日は朝番だけど、意地になっていた。酔客が訝《いぶか》しげに見てきたが、スマホのゲームに夢中になっているふりをする。

店の灯りが一部だけになり、男女が何人か出てきた。そのなかのひとりがあの男だった。彼らのうしろをつける。背中を揺らして歩くようすも、あのときの男にそっくりだ。僕は確信を深めた。

話に夢中になっている彼らは、僕に気づかない。角を経るごとにひとり、ふたりといなくなり、ついにあの男ひとりになった。

僕は足音を立てないように近寄り、声をかける。

「さっきの話ですけど」

ぎょっとした顔で見てきた男だが、僕のほうが小柄なのに気づいたのか、睨んでくる。

「言いがかりつけてくんなよ」

「どうしても人違いには思えないんですよね。記憶力には自信があるんです。さっきは女性が一緒だったから、とぼけたんじゃないですか？　志帆はどうしてるんです？」

「志帆志帆ってうるさいな。知らないよ、そんな女」

男が走りだした。僕は追ったが、離されるばかり。角を曲がられたあとはわからなくなった。走ることなど滅多にないので、すっかり息があがっている。


翌日も居酒屋に出向いた。昼過ぎにはコンビニの仕事があがったので、開店前を狙う。あの男が休みなら、待ち続けても無駄になるからだ。はたして男は出勤してきたが、連れがいた。男よりさらに体格がよく、下手に話しかけると殴られそうなほどコワモテだ。仕方なく背中を見守った。

方針を少し変え、店の裏口近くで張ることにする。昨夜、路上で男に話しかけたとき、たばこのにおいがしたのだ。路上禁煙区域とはいえ、裏口でこっそりふかしている従業員は、まあいる。順法意識がある人間かどうかもわかるだろう。

志帆。どうしてあんなのについていったんだ。マリッジブルーにでもなっていたんだろうか。

やがて日が暮れ、ネオンの灯りがともるころ、裏口が開いた。外開きの扉だ。人が出てきたが、別の男だった。ビールケースに座ってたばこをふかしている。生ごみ用らしき大きなダストボックスにではなく、携帯灰皿に吸殻を入れて店に戻っていった。

まだだ。可能性はある。待つのだ。今日は昨夜と違って寒さがぶりかえしていて、寝不足も加わって疲れていたが、探偵の修行だと思えばいい。こんな張りこみはよくあることだろう。まだまだ序の口。そうだ、これからは尾行時に逃げられても追えるよう、走る訓練もしなくては。

再び裏口が開いた。あの男だ。壁にもたれてたばこをくわえ、ライターで火をつけようとしている。

「ちょっと話を聞いてください」

男が驚いてドアノブに手をかける。僕は扉を押さえた。眉根に深い皺《しわ》を寄せた男が、吐き捨てるように言う。

「いいかげんにしろ。オレには関係ない」

「志帆に会わせてくれませんか。彼女を幸せにしようと思って連れてったんでしょ。なのに昨夜の女性はなんなんですか」

「だから知らないって。営業妨害する気か」

「どこにです？　僕は店の外で待っているだけだ。なんの妨害にもなってませんよ」

「オレの妨害だ」

なんだその屁理屈は。

「僕は志帆が心配なだけですよ。志帆はあなたと一緒にいるんですか？」

男との距離が近いおかげで、昨日は読み取り損ねたネームプレートが見えた。涌井《わくい》、と下手な字で書かれている。

「知らねえって言ってるだろ。志帆って女も、あのお笑い芸人も。帰れよ」

え、と声とも息ともつかない音が出た。

僕は志帆の名前は連呼したが、善太の話はまったくしていない。

「今、あのお笑い芸人、って言ったな？　やっぱりあんたじゃないか」

「ち、違う。……流行ってるだろ。略奪され男とか言われて」

略奪され男？　善太はそんなふうに言われているのか。

「志帆の相手が誰かなんて話、僕はひとことも言っていない。なぜそう思ったんだよ。筋の通らない言い訳するなよ」

「帰れっ。ぶっとばすぞ」

男が僕の肩を強く押した。僕は勢いよく路上に倒れこむ。地面のアスファルトで腰を打った。痛いが、こらえて立ちあがる。そのすきに男は扉の向こうに消えた。僕は扉を叩いたが、反応はない。ドアノブも、鍵がかけられたのか回らない。

表に回って店に入り、いらっしゃいませの大合唱のなかカウンターへと向かう。昨夜僕を追いだした従業員の男が立ちふさがった。

「涌井って人を出してください。用があります」

「そんなものはおりません。お客さん、二日続けて騒ぎを起こされては困ります」

いるはずだ、いません、と押し問答のあと、警察を呼びますよと言われて僕は引きさがった。暴力をふるったのは向こうのほう、呼ばれてもかまわないと思ったが、店側が涌井をかばう以上は埒《らち》があかないだろう。

翌日もその翌日も、僕は時間を作って居酒屋を張りこんだ。だが涌井は現れない。四日後に意を決して、店の暖簾をくぐった。件《くだん》の従業員が嫌そうな顔をする。

「ご迷惑をかけて申し訳ありません。でも僕は騒ぐ気はないんです。ただ涌井さんと話が——」

「辞めたよ」

驚く僕に、いやらしいほどの長い溜息を聞かせてくる。

「金なら自宅に取りにいけばいいじゃないか。仕事場に来るなんて最低だな、あんた」

「はあ？　金？　……そんな、僕は借金取りじゃありません」

従業員の目が、見開かれる。

「違うの？　あいつ、そう言ってたぞ」

「嘘《うそ》ですよ、それ。じゃあ自宅ってどこですか。教えてください」

少しの逡巡《しゅんじゅん》はあったが、従業員は首を横に振った。

「それはできないよ。あんたが言っていることのほうが嘘かもしれないじゃないか。騒ぎを起こした見知らぬ男より、一緒に働いていた人間のほうがまだ信用できる。そういうものだろう？」

一ヵ月に一度だけど僕も常連客ですよ、といくらお願いしても、従業員の口は堅かった。涌井の下の名前も教えてもらえない。唯一わかったのが、涌井は二ヵ月しか働いていないということだ。たいした仕事は任せてなかったけど、という言葉尻をとらえて引き出した。僕の記憶になかったのも当然だ。

涌井とのいきさつを店長と厚木さんに話した。店長に伝えたのは、志帆の履歴書を見せてもらうためだ。実家の連絡先が知りたかった。駆け落ちした相手が暴力をふるい嘘までついて逃げるような男で、別の女と二股をかけていると知ったら、志帆は親元に戻っているんじゃないか。そう思ったのだ。

空振りだった。現住所の欄は以前住んでいたアパートで、善太と暮らす予定で引きはらっている。連絡先の欄は空だ。実家の住所や電話番号はどこにも書かれていない。そういえば自分もわざわざ書かなかった、といまさらながら思いだす。

厚木さんは本当にその男が志帆の相手なのかと、不審そうだった。まずもって、嘘つきの二股男を志帆が選ぶだろうかと、そこからだ。

「戸沼もどうかとは思うけど、それでもその男よりマシでしょ。そこをわからない志帆ちゃんとは思えない」

「気づけなかったかもしれないじゃないですか。見かけ、善太より数倍かっこよかったし、口が上手くて騙《だま》されたのかもしれない」

数倍かっこいい、は誇張だが。

「義家くんが披露宴の会場で見たのは一瞬なんでしょ。イケメンの顔って、似て見えない？」

「絶対あいつですよ。声も歩き方も同じなんです。それに、語るに落ちたんですよ。あのお笑い芸人も知らない、って」

「略奪され男が流行ってるから、的なことを言ったんだよね？」

「そんなの理由として通りませんよ」

「せめて写真でも撮ってあれば、ほかの人にも確認できたのに」

厚木さんが残念そうに言う。

失態だった。それは僕も認める。

プロの探偵ならまず撮影をしておくだろう。たばこを吸いに裏口に現れたときがシャッターチャンスだった。スマホで撮って、それから声をかける。じゅうぶん時間はあったはずだ。まだまだ修行が足りない。写真を撮ることは探偵の基本。深く肝に銘じておこう。

「厚木さんも、志帆ちゃんのことが心配ですよね」

「もちろんだよ。でも志帆ちゃんはもう大人で、自分の頭で考える力があるとも思ってる」

「あの涌井が相手にせよ、別の人だったにせよ、今、志帆ちゃんがどうしているか、たしかめたいと思いませんか？　幸せならそれでいいんです。でもこっちに戻れなくなっているなら手助けをしたい」

「戻りたいかどうかはわからないよ」

「わかってますよ。無理強いはしません。たしかめたい、それだけなんだ」

僕は、志帆を捜す決心をしていた。この気持ちは、誰にも止められない。

「まあ、協力できることがあったらするよ。期限つきだけどね」

厚木さんが、いっそうせり出してきたおなかを撫《な》ぜる。

「その期限は近そうですね。そういえば性別はわかってるんですか？」

そう言うと、厚木さんはスマホから写真を見せてきた。

「産まれてからのお楽しみにしたかったんだけど、エコーに映っちゃった。男の子」

映った、とは外性器だろうが、白黒のどの部分が胎児かさえ、僕には見分けがつかない。病院ってこういう写真をくれるんだ、と思ったところで気がついた。両親の結婚式のビデオを、僕はテレビ画面で見たことがある。今ならデータやディスクでくれるだろう。

善太に送ったメッセージは、既読マークはついたが返事がなかった。改めて電話をかける。けだるそうな声が、応えた。

「もういいんだよ。志帆のことは諦《あきら》めてるから」

「でも気にならないか？　志帆……ちゃんは幸せなんだろうか。おまえだって言ってるじゃないか、俺のことは忘れて幸せになれよー、って」

先輩芸人の番組でいじられたのをきっかけに、あちこちで話を蒸し返された沼兄弟は、やがてひらきなおったのか、自らショートコントにしていた。相方の田沼が男と花嫁を二役でこなし、善太は茫然自失の花婿。そのまんまだ。他人の不幸を面白がりたい人たちが多いのか、ウケている。

「あれはネタだよ。田沼にも先輩方にも、そうするのがいいって言われて作った。……そりゃ、幸せでいてほしいさ。けど、俺は傷ついているんだよ。そのうえ略奪され男、略して、され男とか言われてさ」

涌井が言っていた「略奪され男」のことは、僕も検索でたしかめていた。同情は集めていたが、同時に、からかいや容姿の罵倒《ばとう》で充《み》ちてもいた。こてんぱんだ。

「……そっとしておいてくれないかな」

受話口の向こうから、力なく善太が答えた。

「そっ、か。だよな。ごめん。そりゃ簡単には気持ちを切り替えられないよな」

僕は電話越しなのに、ついうつむいてしまう。

「人生を切り売りしている気分だよ。因果な商売だ」

溜息をつく善太に、切り出しづらいと思いながらも訊ねる。

「それで、メッセージにも書いたけど、ホテル側が式のようすを撮ったビデオに、あの男の姿が残ってないかな」

厚木さんによると、結婚式当日のビデオ撮影はオプションだそうだ。料金がかかるからと友人に頼む場合もあるが、あの日はたしか、僕のテーブルにもプロのカメラマンが撮影に来ていた。

「もらってない」

「撮ってた、よな？」

「ああ。撮ってたよ。でも見ないからもらわなかった。見ないだろ、普通。いやこれ普通にはありえないケースだけど、そんな自虐、誰がしたいと思うよ」

「そう、だよなあ。その場合、データって——」

「消してもらった。友彦、おまえなに？　捜す気？　よしてくれよ」

「だって、気になるだろ。志帆ちゃんが幸せならそれでいいと思ってたけど、あの男、怪《あや》しいし」

「下手なことして、スクープ誌に嗅《か》ぎつけられるのは困る」

「スクープ誌？」

「スポーツ新聞や週刊誌。逃げた花嫁はどこに、みたいなやつだよ。あいつら、なんでもかんでも食いものにするからさあ」

驚いた。今や沼兄弟はスクープ誌の取材対象にされるほどなのか。

「わかったよ」

それだけ答えて電話を終えた。善太は巻きこまないほうがよさそうだ。


次の手がかりは披露宴の席次表だ。招待客の肩書きが載っている。志帆の友人をSNS上から捜すのだ。

友人の結婚式に行ったんだけど友人が新郎を置いて男と逃げちゃった、なんてストレートな記事は期待していない。でも男の僕でさえ、着ていく服には気を遣ったのだ。女性ならめいっぱいお洒落《しゃれ》をしそうだし、着飾ること自体を楽しむだろう。騒ぎそのものはスルーしても、ほかの友人との写真や、華やかな料理を載せるかもしれない。

僕はバイト以外の時間を、SNSの検索に充《あ》てることにした。同姓同名の人も多くいた。地味な作業だったが、こういうのも探偵の仕事だろう。

志帆の履歴書にあった高校名が役に立った。検索してみると北関東の郡部にあり、同じ地域に今も住んでいる人がいた。SNSに載せた写真に、看板が映りこんでいたのだ。これは同名の別人ではないはずと、コンタクトを取ってみた。

志帆を捜していると素直に訊ねると、返事があった。策を弄《ろう》さず、名前と勤め先、つまり今いるコンビニで志帆と同僚だったと打ち明けたことが好印象だったようだ。

ただ、調査に進展はなかった。

小中高ずっと同級生だったという彼女のところにも連絡はないらしい。志帆の実家も近所にあるが、戻っているようすはないという。志帆の両親は志帆の兄家族と同居していて、孫がいるそうだ。ショッピングモールで一度、会ったときに声をかけてみたものの、あの子が選んだことだから仕方ないけどせっかく来てもらったのに迷惑かけたわねと謝られ、それ以上なにも言えなかったという。

志帆の両親は諦めているのか許しているのか、どちらなのだろう。連絡を取っているかどうかもわからない。

女性は、自分は志帆の親友だと思うと書いていた。落ち着いたら連絡がくるだろうから待つとのことだ。お互いに、連絡があったら教えるという約束をして、やりとりを終えた。

ひとつ気になった。親友だと言いながら、積極的に捜す気はないという。列席したほかの同級生もそうらしい。それぞれ、家庭や育児、仕事で手いっぱいなのだと。その女性も三年前に結婚して赤ちゃんがいるそうだ。ひさしぶりに子供を預けたから都会で遊びたかったのに気持ちが削がれてしまった、と綴《つづ》っていた。

「女の子の友達って、意外とドライなんですね。誰とも連絡がついてないなんて、怖くないですか?」

僕は厚木さんに意見を求めた。

「でも現実に、待つ以外のことはできないでしょ。近くに住んでるわけじゃない、自分の生活はある、捜す手段を思いつかない。それこそ探偵を雇うしかないけど、その費用は? 捜したあとはどうする？　親がどうしても連れ戻したいと思ってるならともかく」

「駆け落ちをしたあと涌井と喧嘩をして、涌井に殺されてしまった、なんて最悪の想像もしてるんですが」

あはは、と厚木さんが笑い飛ばす。

僕が不安に駆られているだけだろうか。涌井は乱暴そうだった。絶対にありえないなんて言えないと思うけれど。

「義家くん、先に告白すればよかったのに」

息が詰まるかと思った。なぜ、僕の気持ちに気づいたのだ。

焦る僕に、厚木さんは畳み掛けてくる。

「あれ？　知らないと思ってたの？　ばればれだよ」

「それは、僕が……、僕がこんなふうに心配してるからですか？」

「もちろんそれもそうだけど、志帆ちゃんが働いていたころから、だろうなーって思っていたよ。あ、ショック受けてるね。でもはたから見てるとわかるものだよ」

「……志帆ちゃんは気づいてたと思います？」

うーん、と厚木さんは考える。わからない、と首を振った。

「義家くん、志帆ちゃんに悟られないようにしてたでしょ。いるんだよね、そういうタイプの子。ふられたら嫌だから本人には黙っていようって考えちゃうんだよね。だからどこまで察してたかは不明。いい友達だとは感じてたと思うけど」

悔しいくらいにずばずばと刺してくる。今まで言わずにおいたということは、厚木さんはただの無神経じゃないんだ。意外と鋭い人だったのか。僕には厳しい指摘だけど、知られているのならと思うとつい、本音を吐露してしまう。

「でも志帆ちゃんは、善太を選んだわけで」

「タイミングもあったと思うよ」

厚木さんがまた、母親のように優しい目で見てくる。

「どういうことですか?」

「私が最初に結婚したのも二十九歳だったんだよね。失敗したー、ってあとで気づいてすったもんだして一年かけて離婚した。年齢にとらわれるような時代じゃないって言うけど、やっぱ焦る歳はあるよ。ましてや、義家くんが連絡を取った実家近くの友人やほかの同級生は、結婚してたり子供がいたりする子が多いんだよね? 比べちゃうよ。そんなところに入りこんできた相手と、運命感じてゴールイン。結婚あるあるじゃない?」

「善太との結婚を、勢いで決めたみたいじゃないですか。厚木さん、この間、志帆ちゃんは大人で、自分の頭で考える力がある、とか言ってたのに」

まあね、と厚木さんが肩をすくめる。

「でも両方とも本当のことだよ。熟慮に熟慮を重ねても、最後は勢い。それと、自分の頭で考える力があるって言ったのは、涌井か誰か知らないけど、ついていった相手がダメダメだったら、ちゃんと元いたところに戻ってくるってことだよ」

戻るに戻れなくなっていたらどうするんだと、僕はそれを心配している。

「義家くん。志帆ちゃんが結婚を決めた理由、聞いた?」

「いえ」

あいつのどこがいいんだよ、なんて詰め寄ってしまいそうで、訊けなかった。

「一緒にいて楽しいから、楽しませてくれるから、って私には言ってた。理由としてはありだよね。でも人を楽しませる仕事をしてるんだから、楽しいなんてのは初期値だよね。プラスアルファの理由はないのかなと思った」

「仕事は仕事で、素はまた別ですよ」

どうして善太のフォローをしているんだと思いながらも答える。僕だって、そういう仕事をしていた。でもいつも相手を楽しませてばかりいられない。

「そうだね。私、戸沼に厳しいから、つい辛い点つけてごめん。ただ、志帆ちゃんが結婚を急いでいたことに自分で気づいたのなら、もっと好きな相手ができたのなら、ドタキャンだろうと駆け落ちだろうと、それでいいと思うんだよね」

もっと好きな相手。それは僕じゃなかった。

つらい現実だ。それでも僕は、志帆が幸せでいるかどうかたしかめたいし、元気な顔が見たい。


席次表にある志帆の友人をSNS上から捜す作業は続けていた。

もうひとりヒットしたのが、志帆の派遣先の同僚だ。同じ派遣会社から来ている人で、大高佳乃《おおたかよしの》という。彼女は直接会ってくれるそうだ。職場に近くないほうがいいというので、彼女の乗換駅のカフェチェーンで待ち合わせた。念のため、挨拶を交わすまえにこっそり写真を撮っておく。探偵の基本、もう二度と忘れない。

「披露宴は土曜日だったでしょ。志帆ちゃんは辞めた……じゃない、契約終了の直後だったから、結婚すること部署内の子たちはみんな知ってたし、休み明けは噂でもちきりでしたよー。わたしも、ほかの出席した子たちも仕事にならなかったくらい。営業さんは次の仕事を紹介するつもりだったのにと、ぽかーん」

営業さんというのは派遣会社の担当者で、会社に志帆たち派遣社員を紹介し、各種の橋渡しをするのだという。

「大高さんやほかの友達、会社、派遣会社、そちらにも連絡はないの？」

「みたいですよー。まあ、友達はともかく、会社関係は連絡しづらいでしょうね」

「結婚について悩んでいたようすは、なかった？」

そう訊ねると、大高が目を泳がせる。どうしたの、と続けて訊ねると、天井を見た。

「わたしから聞いたって、誰にも言わないでほしいんだけど」

「うん、絶対に言わない」

これはなにか情報を持っている、と僕は勢いこむ。

「志帆ちゃん、営業の佐野《さの》さんといい感じになってたんですよ」

「派遣会社の営業の人のこと？」

「やだあ、派遣会社の人は営業さん、営業の佐野さんは派遣されてる会社の佐野さんですよ。別でしょ」

いや混乱するだろ、とつっこみたかったが、そうだね、と応じる。いい感じってなんだろう。つまり恋人ということか？

「佐野さんと志帆ちゃんを、カップル御用達ってお店で一緒にいるのを見たんですよ。仲良さげに、ふたりして外の夜景眺めてた。会社でも、そっとメモとか渡し合ってて。怪しいなあ、でも志帆ちゃん結婚控えてるしなあ、でもでも婚約指輪してないしなあ、佐野さんには言ってないのかなあ、なんて思ってた。で、だんだん結婚式が近づいてくるでしょ。志帆ちゃん悩んでる感じで、佐野さんもあるときから沈んだ空気になっていて。そしたらいきなりあのとき、志帆愛してるんだ、でしょ。びっくり」

「えっ？　じゃあ佐野って人が、志帆ちゃんを連れてった男？」

「なに言ってるんですか。違いますよー。だったら志帆ちゃん、友達にも会社にも連絡くれるでしょ」

でしょ、もなにも、同意を求められてもわからないって。きみの話し方がややこしいんだよ。苛立ちそうになったが、こういう相手から訊きこみをすることもあるだろう。論理的な人間ばかりではない。これも修行だ。

「もう一度確認するけど、ふたりはつきあっていた、ってことだね？」

大高がうなずく。

「わたし、こういうことにはピンとくるんです」

信用が置けない気もしたが、厚木さんが言ったように、はたから見ればわかるものかもしれない。

「でもあのとき本当に、佐野さんが志帆ちゃんを迎えにきたのかと思いました。わたしよそ見してたから、まず声で驚いて。佐野さんの声に似てたんですよねー」

大高から、佐野の帰社時間を教わった。ほかの曜日はまちまちだが、火曜はいつも同じ営業先なので、会社の前で待っていたら捕まえられるという。幸い、明日だ。

志帆の派遣先だった会社が入居するビルの前で張りこんでいると、佐野が戻ってきた。大高から、不鮮明ながらも写真をもらっている。あいつだ。もちろん、自分のスマホでも写真を撮る。

「すみません。志帆……松田《まつだ》志帆さんのことで話があるんですが」

訝しげに見てきた佐野は、紺のスーツが似合っていた。服装のせいもあって、僕や善太、あの涌井よりずっときちんとした人という印象を与える。もとより披露宴会場に現れた男ではない。

「いきなりなんですか。うちの会社にはもういませんよ」

「どこにいるかご存じありませんか？　僕、彼女の友人なんです」

「さあ。派遣の子だし」

佐野は腰が引けていた。すぐにでも立ち去りたいという空気が漂っている。僕は直球を投げることにした。

「あなたとつきあっていたという話を聞きました。本当ですか？」

「だ、誰がそんな。違いますよ。だいいち松田さんは結婚を――」

「その披露宴会場から逃げた。別の男に手を引かれて。なにかご存じないですか？　彼女を捜してるんです」

「知りません。なにも知りませんよ」

いやこれは知っている。本当に知らないならこんなに怯《おび》えない。

「あなたは志帆が心配じゃないんですか？　つきあってたんでしょ？」

「つきあってない！」

「一緒に食事をして夜景を楽しんでいたと聞いてます」

佐野が睨んでくる。

「だからなんだ。きみに自慢したのか？　あの女いったい、なん股かけてるんだよ。信じられないな」

佐野が誤解をした。志帆から聞いたと思っているようだ。

「違う。僕は――」

「たった十日で別の男を作るような女、きみもやめておけよ」

背を向けて、佐野が立ち去ろうとする。

「十日？　なにが十日？」

僕は、佐野を引きとめようと手を伸ばす。

「なんでもない。忙しいんだ」

すんでで逃げられ、佐野はビルのなかへと駆けこんでいった。

十日ってなんなんだ。佐野という新たな恋人の出現だけでも混乱しているのに、どこが起点の十日だ？

次の手は、と考えあぐね、僕はもう一度、涌井のいた居酒屋に出向くことにした。少しは日も経ったし、別の従業員なら口を滑らせるかもしれないと思ったからだ。それでも締めだしを食らわないよう、昔小道具として使っていた伊達メガネで変装する。

いらっしゃいませの声に迎えられ、カウンターに向かう。今夜は、僕を追いだした従業員はいないようだ。一応、客としてお金を落としたほうがいいだろうか。

「漬物とだし巻き卵」

注文したと同時に、目の前に出てきた。ずいぶん早いな、と思いながら手を伸ばしたら、隣の席の注文だった。気まずい。

「おにいさん、お先でーす」

その女性が、明るい声でフォローをしてくれた。礼を言おうとそちらに顔を向け、驚いた。

「あ、あなた、この間の」

涌井をカレシと紹介していた、派手な服とメイクの女性だ。近くで見ると意外と若い。派手女は僕のことを覚えていないようすだ。僕はメガネを外して説明をしかけ、すぐに後悔した。とぼけたほうがよかったかもしれない。騒がれて、またつまみ出されるんじゃないだろうか。

しかし派手女は、あー、と破顔した。

「思いだした。あの日はおにいさんのせいで大変だったよ。もう少しで失敗するところだったんだから」

失敗？　なんのことかわからないが、低姿勢を貫こう。

「すみません。僕は、あなたに迷惑をかけるつもりはなく、涌井さんと話がしたかっただけなんです。それで涌井さんですが――」

「友達がカノジョさんを寝取られたって話だっけ？　そういうことにして別れただけだと思う

よ」

「……えと、そういうことってどういう」

だからさあ、と悪戯《いたずら》っぽく目を輝かせて、派手女が言う。

「あたしもあの男に依頼したの。恋人のフリをしてって。あたし、老舗《しにせ》の料理旅館の娘でね。老舗ったって田舎だから全然たいしたことないんだけど。でも逆に、家のためにお見合いしろってうるさいのよ。あの男、ちょうど居酒屋でバイト中だっていうから、料理人の彼って設定にしてやった。説得力が増すでしょ」

「設定？」

「そう。一緒に女の子がいたでしょ、地味な感じの。あれ、いとこ。親から頼まれてあたしのようすを見にきたんだけど、なんとか騙されてくれた。これでしばらくこっちで遊んでいられる。てかありえないよねー、いまどき家業を継げだの家のために結婚だの」

「つまり涌井さ……涌井は、あなたのカレシじゃないんですか？」

「うん。ここ、漬物とだし巻き卵が絶品だったから、お礼がてら食べにきたんだけど、バイト辞めたみたいね。ま、目的はごはんだから、どっちでもいいけど。あたしとしては安くて美味しいお店が見つかってラッキー、ってとこ。あ、煮豚と、レンコンのはさみ揚げも美味しいよ」

と言ってすぐ、そのふたつを注文している。

「それで涌井の話だけど、彼って」

「便利屋。ネットで見つけたの」

派手女がスマホを出して検索してくれた。

猫捜しから代行業まで。秘密は厳守します。そんなフレーズが目に飛びこんできた。

「全部、吐いたよ」

そう言った僕を、睨んできた。そんな邪悪な顔で見られるようになったのかと、いまさらだが距離を感じる。

「涌井はただ、披露宴会場から花嫁を連れ去る役を依頼されただけだったんだな。口止め料ももらっていたから、僕に追及されては困ると思って逃げた、って言ってたよ。ずいぶん回り道をさせられた」

「恋人に断られたから、急遽代役を立てたんだ。恋人にはそれだけの覚悟がなかった」

「結婚をやめればいいだけじゃないか」

「目前に迫ってた。結婚式のキャンセル料、どれだけかかるか知ってる？　料理も引き出物も準備済みだから、やってもやらなくてもたいして変わらない。どうせ金を取られるなら、って思わない？」

「金の問題？　だからって……」

厳しい指摘だろうかと、僕はいったん言葉を止めた。好きという気持ちがなくなったと同時に、相手に対する思いやりもなくなったのだろうか。あまりにひどい、と感じてやはり、口にする。

「そこまでする必要がどこにあるんだ。まるで復讐でもするかのようじゃないか」

「復讐。うん、あるね」

にっこりと、善太が笑った。

新居になるはずだったマンションは、ふたりでは狭そうだが、善太ひとりでは持て余しているのだろう。昨日もここに来たのに、善太は帰ってこなかった。

「志帆ちゃんが心変わりをしたから、ってこと？」

「もちろんそれが一番だよ。早く結婚したいと言いだしたのは志帆のほうだ。なのに話が進むにつれ、あれこれうしろ向きでさ。ちょっと女の子と遊んだだけで、スマホの画面を割られた」

「は？　それ先に浮気をしたのはおまえってこと？」

「浮気じゃない。ただのセフレだ」

呆れた。善太がチャラいことは知っていたが、決まった相手がいるのにそれはまずいだろ。

「百歩譲って浮気だとしよう。だが志帆はどうだ。あっちは本気だぞ。俺が知らない間に、佐野とかいう同僚との仲を深めていた」

「おまえと切れないまま別の男とつきあったのは、そりゃ、悪いと思うよ。だけどおまえがふらふらしてたから、志帆ちゃんの気持ちが離れたんだろ」

「違う。志帆は言った。俺と結婚するのは不安だと。売れるかどうかわからない、経済的にも精神的にも宙ぶらりんな状態に置かれると。俺は好きで選んだ仕事だからいいけど、ついていけなくなるのが怖いって。それがあいつの本音だよ。ふざけるなだろ？　だからサラリーマンに乗り換えるってことだぞ。勝手すぎるだろ。だったら最初から結婚してなんてねだるなよ」

「でも」

「披露宴には先輩を呼んだ。事務所の偉い人も来る。親も、それなりの式を挙げろと調子に乗って人を呼ぶ。俺だってプライドがあるんだ。この先どんな顔をして先輩たちに会うんだ？　不安定な仕事だからふられましたって親に言うのか？　それみたことかと思われるだろう。俺は多くのものを失うんだ。あいつだって同じだけ失うべきだろ」

「だけど志帆ちゃんが失ったのは……」

人との関係だ。ほとぼりが冷めるのがいつかはわからないけど、これを機に切れてしまう相手だっている。

「選んだのはあいつだ。破談にしたいなら、式場で男に奪いに来てもらえと言った。正確には披露宴会場って言ったっけな。公衆の面前で堂々と逃げていけよ、その覚悟を見せてみろってな。それが嫌なら俺と結婚してしばらくは一緒にいろ、そのうち不倫妻として追いだしてやるからとも言ってやった。あいつは賭けて、そして負けた」

「あの男が、佐野が承知しなかったんだな」

「見る目がなかったな」

善太、おまえを最初に選んだのだって、見る目がなかったんだよ。

もし僕が志帆に懇願されたなら、奪いにいってあげたのに。僕なら、志帆のためならなんだってやった。

善太が嬉しそうにする。

「で、志帆は便利屋を雇うことにした、ってわけさ」

「おまえは佐野が断ることも見越していたのか？　破局させたかったのか？」

佐野が十日と言っていたのは、彼が断ってから式までの期間だろう。志帆は追い詰められて、冷静になれなかったのだ。

だからって、志帆。どうして。

「まあね」

「最低だな、善太。おまえいつの間に、そんな最低な人間になったんだよ」

軽蔑したような目で善太が見てくる。

「俺は優しい人間だぞ。籍は入れずにおいてやっただろ。婚姻届の証人を余興で競るって言ったのは嘘だ。結婚式の費用だって負担してやった」

「費用？」

「結婚を破談にした側がホテルにキャンセル料を支払うのが当然だろ。直前だからかなりの額だ。でも志帆は、金がない、分割で返すからしばらく立て替えてくれ、と言ったんだ。どうして別れる女に金を貸しておける？　だったら有意義に使う。どうせ金を取られるなら、な」

「まさか」

「ああ、金の問題だったのは志帆のほうだ。何度も言ってるぞ、選んだのはあいつだって。あいつは自分で自分を売ったんだ」

それが志帆にとってのメリットか。

「……選ばせたんじゃないか」

「なんのリスクも負わずに、思い通りにことが運ぶはずがないだろ」

善太の声が冷たい。どうしてそんなに満足げにほほえんでいられるんだ。

「むなしくないのかよ。志帆ちゃんに嫌がらせをして溜飲は下がったのか？　第一おまえだって、恥をかいていじられて――」

薄笑いを浮かべる善太を見て、ふいにある考えが頭に下りてきた。

「おまえ……、おまえが志帆ちゃんに提案したってことは……」

「やっとわかったのか」

「花嫁に逃げられた男として注目されるのが目的か。そうすれば先輩芸人の番組でいじられて話題になる。自らコントのネタにもできる。全部計算ずくか」

田沼にも先輩方にもそうするのがいいって言われた――というのは、善太が語った話だ。

くくく、と善太は声まで出して笑う。

「動画サイトにある沼兄弟の公式チャンネルなあ、略奪され男のネタだけじゃない。ほかのネタの視聴回数も、うなぎのぼりだ」

「……傷ついてるって言っていたのも嘘なんだな」

「され男がへらへらしてたらおかしいだろ」

「今のおまえのほうがおかしいよ」

「悪いかよ。恥もからかいも全部利用するさ。人生、切り売り上等だ。いくらいいネタを作っても、注目されなきゃそれまでだ。話題にならなきゃ終わりなんだよ！　復讐と同時に、最高にして最大のセンセーショナルな話題が手に入るんだ。こんなおいしい話はないだろ？　使わない手はないだろ？」

酷薄な表情を浮かべる善太の胸倉を、僕はつかんだ。

「切って売ったのはおまえの人生だけじゃないだろ。志帆の人生もだぞっ」

もしも手を引かれていった相手が佐野ならば、ほどなく連絡を寄越せたかもしれない。でも志帆を連れていった男は偽物だ。当分、無理だ。

「志帆、……ね」

ふん、と善太が鼻で嗤《わら》った。

「おまえなんかに言われたくないね」

「なんだと？」

善太が僕の腕をつかむ。

「志帆が好きだったんだろう？　けど傷つきたくないからって、なにも言えないままだったんだよな」

「僕には僕のペースがある」

「根性がなくて、お笑いの世界から逃げだしたよな」

「逃げちゃいない。けじめをつけて辞めた」

善太は腕を絞めつけてきた。こいつ、いつからこんなに力が強くなったんだ。

僕の手はたやすく振りほどかれ、そのまま床へと叩きつけられた。

「逃げたんだよ、おまえは！　恥をかく気概も持たず、バカにされたと歯を食いしばりもせず。そんなヤツが人生を語るな」

善太が僕を見下ろしてくる。

「俺はなあ、おまえが逃げたあとも泥水をすすって生き残ってきたんだよ。悔しくても笑った。罵《ののし》られても世辞を言った。手段など選ぶかよ。なにを犠牲にしてでも頂点に立ってやるんだよ！　ざまあみろだ！」

「……僕は」

「なんのリスクも負わずに、思い通りにことが運ぶはずがない。おまえにも言ってるんだ。俺を批判する資格なんてない」

僕は逃げたのか？

そんなことはない。僕は冷静になっただけだ。根性でしがみついたからって成功は保証されない。これ以上は無理と、実力のなさを見極めたんだ。

善太に置いていかれて悔しい気持ちはあるけれど、そう考えるのはみじめだと思うからこそ、僕は善太の成功を祈り、応援もした。

だけどこのやり方はおかしい。

善太は自分を犠牲にしてはいない。志帆を犠牲にしたんだ。

言葉巧みに志帆を追い詰め、金でも縛り、志帆自身が選んだように思わせて、自分の望む形に持っていった。

そうやって手に入れたおいしさだ。略奪され男のネタだ。

つまりはズルじゃないか。

アパートに戻った僕は灯りもつけず、スマホを目の前に置いたまま考え続けていた。

沼兄弟のネタは虚構だ。作られたものだ。シャボン玉みたいに中身はからっぽ。みんな踊らされているだけだぞ。

告発しよう。

僕はスマホをつかんだ。

準備はできているんだ。志帆の友人のＳＮＳを捜したときに作ったアカウントを使おう。いや、それ専用の新しいアカウントを作ろう。

なにも知らない田沼を巻きこんでしまうのは申し訳ない。でも僕とのコンビを解消した善太が新しい相方と組んだように、田沼にも次の出会いはある。このまま善太と一緒にいるより、よほどいいかもしれない。

ネットでメールアドレスを作り、新規アカウントを取得した。適当な画像を選んでアイコンとする。投稿欄を開き、文章を綴る。証拠はある。涌井の自白だ。指が震えている。怒りだ。考えれば考えるほど、怒りが湧いてくる。僕だって手段など選ばない。

いざ、送信。

と右手の指が液晶画面に触れるまえに、左手が電源ボタンを押した。画面が暗くなる。

ダメだ。志帆が迷惑をこうむる。

略奪され男は、悔しいが話題になっている。今炎上させると、関係者が炙りだされてしまう。志帆も非難される。善太が以前、スクープ誌の話題を出していたのは僕への牽制だろうけど、ある意味本当だ。あいつらなんでもかんでも食いものにする、そのとおりだ。

僕が志帆を傷つけるわけにはいかない。それじゃあ善太と同じじゃないか。

善太のことは許しがたいが、実力で話題になったわけじゃない。まさにシャボン玉、中身はからっぽ。遠からず、それがバレるだろう。

僕は送信のかわりにキャンセルの文字をタップした。

と、そのスマホが着信音を鳴らす。

厚木さんだ。

「もしもし、私。夜中にごめん。病院にいるんだけど」

「病院？　生まれるんですか？　もう？」

なんだろう。シフトの相談だろうか。

「違う。志帆ちゃんに呼ばれた」

ええええ？　と、僕は大声をあげた。うるさいと、隣の部屋から壁を叩かれる。

「連絡取ってたんですか？　いつの間に」

「きたのはさっきだよ。犯人が捕まるまで怖いからそばにいてって。ああ、病院ってのは、志帆ちゃんが交通事故に遭ったんだよ。命には別条ないから安心して」

スマホの電話番号は解約したけど、電話帳は残してたのか。厚木さんが言っていたように、ほとぼりが冷めたら連絡するつもりだったのだ。いや、それよりも。

「交通事故の犯人って、ひき逃げってことですか？　怪我《けが》は？」

「犯人っていうのは別の男。ひき逃げでもない」

「男？」

善太か？　いや、善太は僕と会っていた。

「男に待ち伏せされて、追いかけられて、逃げる途中でバイクとぶつかって骨折した。眠ったほうがいいってお医者さんから言われて薬を飲んだところだよ。だから私、もう帰る。また明日来るよ」

なんだそれは。とんでもないことじゃないか。

「僕が行きます。厚木さんだってお身体に障《さわ》るでしょ。今からでも行きますよ」

「やめて」

「え？」

「頼みたい仕事があると連絡をもらって会いにいったら顔写真を撮られた。ＳＮＳに載せられたくなければ吐けと脅された。そのまえにはバイト先にも来られてバイトを辞めるはめになった。あいつはなにものだ。全部おまえのせいだ。営業妨害だ。だから追加の金を寄越せ」

棒読みのように、厚木さんが言う。

「男にそう言われたそうだよ。志帆ちゃんが無理だと断ると、襲われそうになったって。振り切って逃げて、追われて事故に遭って」

「……あの」

「男の名前は、涌井成之《しげゆき》。義家くんが、居酒屋から逃げられたって言ってた人だよね。見つけたの？　会ったの？」

僕は息を呑む。

志帆が幸せでいるかどうか、たしかめたかっただけなのだ。

「義家くん、なにをしたの？」

僕は、なにをしたんだろう。

05

真実

松阪丈生《まつさかたけお》さん、たしかそうでしたね。週刊茶話の。

こんなところでお会いするとは……。いえ、そうですね、傍聴は自由ですね。まだ淳《じゅん》の事件に関心がおありでしたか。新しいニュースを追いかけたほうが部数も稼げるんじゃないですか。世間は淳が犯人だと決めつけ、それ以上は考えようとしない。週刊茶話さんもそうだったでしょう。古角《こかど》淳という活字と冤罪《えんざい》という活字が、同時に載った広告はない。

淳は犯人じゃありません。ええ。親が淳の無実を信じなくてどうするんですか。淳は巻きこまれただけですよ。

あいつ、里田恭司《さとだきょうじ》はまったく逆の主張をしています。淳が反論できないのをいいことに、すべて淳のせいにして。けれどそれだけに裁判員の印象は悪いんじゃないですかね。そうでなくては、やりきれない。

淳と向坂楓花《さきさかふうか》さん、ふたり殺していると、死刑もありうると聞きました。

私も妻もそれを望んでいます。……そうですね。里田が死刑になったとしても、淳は戻ってこない。わかっています。それでも厳罰を望んでしまうのはいけないことですか。

お話……、ええ。いいですよ、少しなら。私たち親が、淳の代弁をするしかないのですから。

里田が淳を殺したのは、自首するという淳の口を封じたかったから。検察はそう言っています。それを前提とすると、淳も向坂さんを殺したということになるのですが、まずそこからしてありえないと考えています。

信じたくないだけだと言われればそのとおりです。だけど裁判というのは、証拠に基づいて判断されるものですよね。淳が向坂さんを殺したという証拠はない。今残っているのは、里田が奪った向坂さんの腕時計だけです。それは確たる証拠だ。その腕時計には、淳の指紋はついていないそうです。

検察は里田の供述に基づいて、殺害現場は淳のアパートの部屋だと言っています。殺害はふたりの共犯だと。しかし里田は、自分がアパートについたときにはすでに向坂さんは亡くなっていたと、殺人については無罪を主張しています。淳が大学時代に借りていたアパートの部屋はすでにほかの人が住んでいて、家宅捜索のしようがない。目撃証人も出ていない。さっきも言いましたが、現場が淳のアパートだというのは、里田の供述からだけなんですよ。それでどうして、淳が関わっていたということになるんですか。いいかげんすぎます。

妹の証言？　そうですね、あなたも記事に書いていましたね。向坂楓花さんの妹、実花《みか》さんといいましたか。淳が家庭教師をしていた子。傍聴にもやってきていますよ。

実花さんは淳の学校に転校してきたが、淳は彼女を避けていた。もっと言えば、怯《おび》えていたと。それは本当なんですか？　その子が言っているだけですよね。勘違いではないんですか？　淳が、その子が期待したような反応を示さなかったから避けられているような気がしただけとか。淳が実花さんから逃げたのをほかの生徒も見ている？　それだって思いこみかもしれないじゃないですか。

疑いだすとキリがないですね。正直、わけがわからなくなっています。親の欲目を抜きにしても、淳は優しい子なんです。淳の学校の生徒たちだって、葬式のときにはそう言ってくれていたのに……。

失礼しました。

向坂楓花さんが亡くなった日に、淳と里田が一緒にいて、海岸近くの喫茶店で目撃されている。それはたしかなようです。

里田は、自分は死体を処分するのを手伝っただけだと主張し、その喫茶店でグラスを割って、アリバイを作るために人目を惹《ひ》いたのだと言います。それからすぐ山のほうに移動して向坂さんを棄てたと。

淳はそのまえに里田の車を降りたのではないでしょうか。彼のアリバイを作るためのわずかな時間だけ利用されていたんじゃ。……ああ、淳自身の証言。そうですね、最初に向坂さんのことを警察に訊かれたとき、その日はずっと友人と遊んでいたと答えたんでした。……そうでした。……………淳は、死体の処分に関わったのかもしれません。だけど、だけどやっぱり、それだけでは殺したという証拠にならない。

だいたいね、里田は自分は殺していないと言うが、ならどうして、死体の処分を手伝うんです。彼にメリットなんてないじゃないですか。淳ならわかりますよ。頼まれると嫌だと言えない性格で、友達からはよく使いっぱしりのような役割を負わされた。同級生ならあなたもご存じでしょう？

大学時代の同級生にも話を聞いて、淳と里田の力関係を調べました。私が思ったとおり、里田が命令をして、淳が従う、そんなバランスだったようです。

手を下したのは里田で、淳は巻きこまれた。無理やり引きずりこまれた。それが最もありえる形じゃないですか。

写真でしか知りませんが、向坂さんはなかなか美しいお嬢さんでした。里田から、会わせてくれとでも命じられたんじゃないですか。そんななかでトラブルが起きた。それが真実だと思いますよ。

里田は、淳の殺害についても認めていないそうですね。淳が自分を罠にはめ、自殺したのだと。とはいえ今回はアリバイもないようだ。現場となった廃ビルからは、里田の指紋や毛髪が検出されているそうです。

淳が死んだ日以外にも出入りしていたからそのせいだと、里田は言います。当日その場所に来たのも、淳に呼びだされたからだと。

どこまで嘘《うそ》をつけば気が済むのでしょう。たしかに当時、淳の余命は短かった。けれどあんな男を糾弾するために、大切な命を断つはずはない。

最後まで教壇に立ち、生徒に囲まれ、文学や映画など美しい物語に触れながら、静かに旅立ちたかったはずだ。

それを奪った里田を、私は許しません。

あ、お久しぶりです。北城《ほうじょう》真琴《まこと》です。

はい、元気ですよ。なんかいろいろあったよねー。びっくり。

わたしは落ち着いてますすよ。なにしろリセットされたほうだから。無です、無。……うん、わかってる。淳くん、わたしを巻きこみたくなかったんだって。

わたしが別れたいと言われたあのころ、淳くんのまわりではいろんなことがいっぺんに起きてたんだね。

学校で生徒のトラブルがあって、それはなんとか解決したけどほかの先生に責められて疲弊して。病気がわかって、そっちはどうにもヤバそうな感じで。昔、家庭教師をしていた女の子と再会して、それがお姉さんとそっくりで。

人生の最後にその大展開は要らないよねー、わたしだったら頭抱える。

だから余計なものを手放したくなった。わたしはその余計なものだったわけ。

ごめんなさい。ちょっと自虐入った。

だいじょうぶ、落ち着いてますって。だけどその自覚はしておかないと、わたし自身のためによくないと思うんだよね。次の相手からは手放されないようにするためにね。……いませんよ、まだ。今のところ仕事が生きがいでーす。

淳くんも仕事が生きがいだったのかな。生徒からの人気、それなりにあったらしいですね。彼、ちやほやされることが少なかった人だと思うんですよねー。だから生徒に囲まれるのは嬉しいっていうか、充実もしますよね。でもそっちを先に手放していれば、病気の治療が手遅れにならずに済んだのかもしれないと思うと、ちょっと辛い。具合が悪いときに休めなくて、どんどん時間が過ぎていってしまったんじゃないかって。

ああ、訊きたいのは事件のことだよね。三年前のほうの。彼女だったわたしが、淳くんのようすに気づかなかったのか、って話。

正直、気づかなかった。

淳くんが、それまでとまったく変わらなかったのかと訊かれると、NOだけど。だって、四年生の秋だよ。イライラしてるとか、不安そうだとか、そういうのは全部、採用試験の出来不出来や、将来が見えないことが原因だと思うじゃん。教員の二次試験の結果待ちの時期だったし。自分もそんな感じだったから、淳くんもそうだと思ってた。実際、淳くん自身もそれを理由にしてたし。……事件に関わっていたとしたら隠すじゃん、普通。わからなくても仕方ないと思わない？

向坂楓花さんの事件を話題にしたこと？　あったと思う。

でもショックだという程度。マスコミやネットの騒ぎに対しては苦々しく見ていたかな。だからわたしも、ワイドショー的に盛りあがるのはよくないなって思って、余計なことは言わなかった。

淳くんの家庭教師先があの家だったってことは、周囲に知られてなかったんじゃないかな。わたしも口にしなかったし、それこそ時期が時期だから、下手に「知ってるー」なんて言うと、興味本位の質問されて時間食わされて大迷惑。同級生との話題にものぼってなかったね。当時は就活や将来に関するものがほとんどで、あとは恋バナ、たまに芸能人の話ぐらいだったかな。

向坂楓花さん自身の話題？　それはどういう……向坂家そのものの話？

うーん、ほとんど。

部活で忙しい中学生を教えている、その程度だと思う。女の子だとは聞いてたよ。一応気になって訊ねたら、真っ黒に日焼けして豆狸みたいな子って言ってた。柔道部だけど足が速くて、陸上部からも誘われているとか。まじめに問題集を解いてると思ってたのに居眠りしてたとか。そういうエピソードをね。

親が銀行に勤めてるって話も聞いてた。お父さんはたしかに銀行員だし、間違ってはいないよ。いない、ねえ。

だけどさあ、お母さんは小説家の咲坂《さきさか》えりこだったんじゃん。聞いてなかったよー。うん、読んだことあるよ。甘々の恋愛小説。しかもけっこう美人。亡くなった楓花さんもかわいくてスタイル良くて。淳くんからは、そのふたりの話は出なかったんだよねー。

事件後にちくっと、嫌みを言ってやった。生徒さんは豆狸かもしれないけど、お姉さんとお母さんはきれいな人だねって。

隠していたんじゃなく、話さなかっただけだよって言われたけど。

どうだかねー。咲坂えりこだよ。ふつー話題にするでしょ。鼻の下伸ばしてたんじゃないの？

ねえねえ松阪さん、そのへん、男の人としてはどうなの？　彼女に言う？　言わない？　ん？

じゃあ女性のほうとしては、たとえばイケメンの美容師が担当だったら彼氏に言うのかって？

うーん。嫉妬させようとして言うかな。でもあまりにも嫉妬心の強い彼氏だと無用なトラブルになるし……あれ？　ってことは、わたしが嫉妬心強いって思われてたってこと？　やだもう、ドツボ。

淳くんと咲坂えりこに関係があったかどうか？　うえーちょっとそれ、想像したくないんだけど。あー、でもゲスいネット記事では書かれてたね。咲坂えりこ、不倫小説書いてたし、結びつけたがるよね。

向坂楓花のほうとはどうか？　うーん、わからない。

ってどちらが相手でも、わたしが二股をかけられてたってことじゃん？　認めたくないなあ。

そんなに器用じゃないと思うんだよね、淳くん。だけど、あー、どうなんだろう。向こうから迫られたら……、かわいいもんねえ、向坂楓花。

淳くんのアパートに、向坂楓花が来てたわけだしね。あいつが、あの里田が言ってる話だから、本当かどうかはわからないけど。

だいたいさー、なにしに来たわけ？　向坂楓花。

わたしとは鉢合わせしたことないけど、それまでも来てたわけ？　そこ、わたしにとって一番の疑問なんだけど。


楓花ちゃんを殺した犯人が見つかって、本当によかったと思っています。

どちらがって……、なに言ってるんですか？　古角淳と里田恭司、ふたりの犯行なんですよね？

どちらの方とも会ったことありません。大学のほうも交流ないし。あ、うちは女子大ですが、サークルを通してほかの大学とつながることが多いんです。彼らの大学とはつきあいがありませんでした。もちろん、個人的に知り合う場合はありますね。あくまで、マスで会う機会があるかどうかの話です。

ああ、申し遅れました。ワタシは成瀬由香里《なるせゆかり》と申します。楓花ちゃんとは大学に入学してからの仲良し。同じサークルに入っていました。

サークルのコンパに行く予定だった、ほかの大学の男子も来る飲み会だった、そんな言葉のイメージが先行してしまったのが悔しくてたまりません。

あなた、松阪さん、それだけを聞くとどうお感じになりますか？　遊んでる女の子、もっと言えば男漁《あさ》りをしてる、そういうテンプレで見てませんか？　違うんですよ。

ワタシたちが興味を持っていたのは、建物です。歴史的建造物です。建物マニアのサークルだったんです。中銀カプセルタワービルのようなレトロビルに興味があるとか、旅館や料亭のような趣《おもむき》のある日本家屋がいいとか、好みはさまざまです。ワタシと楓花ちゃんの一番の萌《も》えは洋館。たとえば三菱一号館美術館、ご存じです？　四季を彩る花々を湛《たた》えた庭と赤煉瓦の建物、優美な展示室、階段の蹴込み板まで細かくデザインされていて、あんな美しいものが東京駅のすぐそばにあるなんて、とてもすごいことですよ。設計はジョサイア・コンドルで、鹿鳴館もこのお方が作ったんです。そちらは取り壊されていますけど。そうそう三菱つながりで旧岩崎邸庭園もぜひご覧になってくださいな。建物の方向によってお顔が違って見えて、映画やドラマなどのロケ地としても使われて――

やだごめんなさい。つい語ってしまって。他大学との交流と言われて世間がイメージするイベントサークルじゃなく、嗜好《しこう》の近い、まさに同志と集まって散策する会だ、そう言いたかったんです。コンパにはほかの女子大の方も来ます。情報交換をしたり、それぞれの大学の建物の写真を見せてもらったり。昔の建物って、天井や窓や壁、柱にいたるまでとてもていねいな意匠が凝《こ》らしてあるんですよ。のっぺらぼうじゃないの。うっとりします。

そういうのが伝わらないまま、ナンパ男についていったように言われてしまって。マスコミだけじゃない。警察からもですよ。楓花ちゃんはそういう子じゃないって何度も訴えたのに、伝わらなくて。ふらふらしてるから連れていかれたんだ、みたいなこと言われました。きみたちも気をつけなさい、とも。いいえ、気遣いには思えませんでしたよ。どうして殺されたほうが悪いんですか。悪いのは殺したほうに決まってるじゃないですか。思いだすだけで腹が立ちます。

あの日ワタシが、楓花ちゃんに連絡してたんです。午前の必修の講義では見かけたけどそのあといなくなって、コンパにも来ないからスマホにメッセージをしたけど既読にならなくて、電話もしたけど電源が入ってなくて。楓花ちゃん、たまに電源切ったまま忘れてることがあったので、しようがないなあと思って、思って……しまいました。自宅の電話番号は知らなかったから。

申し訳なかったと、今でも思っています。でも連絡のつけようがなかったんです。最終的にご家族からの連絡を受けたのは、大学の先生経由でした。ワタシも楓花ちゃんも、お洒落《しゃれ》な建物にお逢いするとつい萌えちゃって時間が止まってしまうから、きっとそんなふうにしてるうちに忘れちゃったのかなとそのままに……

楓花ちゃんから古角の話を、ですか？　いいえ、聞いたことありません。

ええ。楓花ちゃんとつきあっていたとか、いや母親のほうだとか、ネットではいろいろ言われてますね。最低。

お母さんのほうとの関係は知りません。写真は見せてもらったことあるけど、お母さんとお会いしたことはないんです。だからなんのコメントもできません。でも楓花ちゃんはその人とつきあってなんていません。楓花ちゃんが言い寄っていたというのも、楓花ちゃんのキャラ的に違うと思います。

彼氏ですか？　いませんでした。楓花ちゃん、見かけ美人だから誤解されるけど、男の人とどうこうってそんなになかったんですよ。

サークルつながりの男子からは高嶺の花扱いでした。高校時代につきあってた人はいるらしいけど、同級生は子供っぽくて無理だったって言ってたから、その古角って人を好きになるとは思えません。え、三歳も上でしたっけ。ネットに出てる写真からは、そんなふうに見えませんね。うーん、三歳かー。もっと大人っぽい三歳上ならともかく、やっぱり違いますよ。

どちらかというとファザコンですよ、楓花ちゃんは。ダンディな教授に憧れてました。お母さんのこと、美人だ美人だって注目されてたけど、お父さんも渋くてなかなかですよ。ええ、写真、見せてもらったのは家族写真です。お父さんは忙しい人だけど、長期のお休みには家族で旅行に出かけるとも言っていました。

家族仲はよかったと思います。妹さんのこともとてもかわいがってました。自分と違って文武両道で、すごいんだって。うちの大学も、そんなに悪くはないんですけどね。

じゃあどうして古角の部屋に行ったのか、ですか？　向こうが連れこんだに決まってるじゃないですか。妹さんのことでなにか、気になること、気を惹くようなことでも言って、部屋に来させて。それで里田とふたりで……、ひどいです。本当にひどい。

もしかしたらあのふたり、この三年の間にほかにも悪いことをやってるかもしれないですよね。

それで結局仲違いして、里田が古角を殺したんでしょ？　でも古角は自業自得ですよ。里田も自分の命で償うべきです。絶対に。


あなたに会うことにしたのは、本当のことを伝えてほしいからですよ。

妻の江梨子《えりこ》や娘の楓花に関する、下らないゴシップを少しでも抑えることができればと思ってね。


悪貨は良貨を駆逐する。経済学の法則から生まれ、転用された言葉ですが、今の報道を見ているとまさにと思わざるをえません。それ以前にまるで報道とは呼べませんが。メディアは好き勝手にこじつけセンセーショナルに煽《あお》りたて、人々はそれがあたかも本当であるかのように信じていく。なげかわしい限りです。

そうではないのですよと、真実がフェイクニュースに駆逐されるまえに訴えておきたいんです。わずかな抵抗であっても。

モデルで女優をしていた江梨子は、華やかな印象を持たれています。恋愛小説を書いていたというのも、見る人によっては華やかに感じられるでしょう。実際には寝不足で肌が荒れ、地味な時間が大半でしたが。

しかし華やかなことは悪ではありません。江梨子も自分のやりたい仕事をしてきただけだ。華やかなことと奔放なことは違います。

江梨子の書いた主人公が不倫をしていたからだと、あるいは放埒《ほうらつ》な恋に溺れていたからだとも言われます。だがリアリティを感じることとリアルは違う。

そんなことを言うと、知らぬは夫ばかりなりとそしられそうですが、見くびらないでいただきたい。私はふだんの江梨子を知っているんです。江梨子は不安症というのか、ナーバスで、たとえば鍵などを何度もたしかめなければ外出できないようなところがあった。風の音、食べ物の添加物、誰かとの会話、もちろん自分の本の評判も、いろいろなことを気にしていたんですよ。そんなふうに些細《ささい》なことを気にする人間が、大きな秘密を抱える不倫の恋などできるはずがない。

そして心が弱かったから楓花の死に誰よりも強いショックを受け、心療内科に頼ることになり、飲んだ薬の量がわからなくなって階段から足を踏み外してしまったんです。

江梨子の性格について、家族の話だけでは信用できないというなら、担当の編集者に訊いてみるといい。そちら、週刊茶話さんに江梨子の本の広告を載せている出版社もあったはずですよ。未だにつきあいのある人もいる。

楓花がどんな事情で古角の部屋に行ったのかはわかりません。うちに来ていた古角は、頼りなげだけど好青年という印象でした。恋人がいるという話も聞いていた。大学卒業後、遠距離恋愛にはしたくないので、お互いに東京で働くことを望んでいる、そんな話を聞いたことがあります。その考え自体は甘いと感じたのですが、口を差し挟んではいません。とはいえ私が知っているぐらいだから、恋人がいることは楓花も知っていたでしょう。なにより楓花が、恋人を持つ男性に惹かれるとは思えません。これに関しては、願望も混じっているとは自覚しています。だが不毛です。自分を見てくれない相手を求めるという、無駄な時間を過ごすことになる。二十歳も過ぎて、そんな馬鹿なことをする娘ではないと、思っているのですがね。

楓花の古角に対する感情は、今ではもうわかるすべもありません。妹の先生、単なる友人といったあたりに見受けられました。特段、彼を気にしていたようすはない、それだけです。

ただし楓花についてひとつ、絶対に解きたい誤解がある。江梨子の書いた恋する女性のモデルが楓花というのは、まるで違います。楓花は芯は強いが、おっとりしている。潔癖できまじめでおとなしい性格で、打てば響くといった瞬発的なものがないためか、さほどもててはいなかった。

古角が殺されたことによって、楓花を殺した犯人もまた明らかになった。あのまま未解決で終わるのではと危惧していただけに、とてもありがたいことです。これほど神の存在を感じたことはありません。

だが妻や娘のことで、無責任かつ悪辣《あくらつ》な噂《うわさ》が広がるのは我慢ならないのです。

どこかのタイミングで裁判の結果をお書きになるんでしょう？　いや、あなたにはその後を書く義務がありますよ。あなたは古角の同級生だから話を聞かせろと主張し、下の娘、実花も含めてさまざまな人の声を集めていたんだから。

そうだ。そういったあなたが知った内容を、実花にも教えてもらいたい。

ええ、実花です。もちろん私も知りたいが、実花は将来、事件のことをなんらかの形でまとめたいと考えているようだ。きちんと覚えておきたいとね。

里田の裁判はもつれるだろうね。あなたのところのような雑誌は、世間の注目が集まっているうちにと一審の判決でまず記事を作るのでしょう？　しかし検察側と弁護側の主張が真っ向から対立している以上、最高裁まで行く可能性がある。

何年かかるかわからないが、実花はそこまで待ってからまとめたいと言うんです。

実花は江梨子に似て、文才があるんですよ。いやまとめるだけで、出版はしないでしょう。記録しておきたいというだけだ。出版社から提案の声もかかったようだが、断る意味もあって、里田の刑が確定してからでないと検証できないと答えたそうだから。

最後まで見届けるのは、家族の役目ですからね。


はじめまして。栴檀《せんだん》出版の三戸佳澄《みとかすみ》と申します。ええ、咲坂えりこさんの担当をしておりました。

さすが週刊茶話さん、情報が早いですね。

え？

……ああ、えりこさんのことですか。なるほど。向坂さんのご家族は、楓花さんに続いてえりこさんまで亡くなられて、大変な悲しみに襲われたんですよ。夫である保寿《やすとし》さんもいっときお身体を壊されたし、下のお嬢さんの実花さんも泣きどおしで。

えりこさんのごようす？　それは楓花さんが亡くなられてからのですか？　松阪さんのご想像どおり、いえ想像以上にお辛かったと思いますよ。俗に、血の涙を流すという表現があるじゃありませんか。陳腐な言い方だと思っていましたが、まさにそれなんです。涙と共に栄養も気力も流していって、どんどんと死に近づいているかのように薄くなっていきました。ええ、細く、というだけでなく薄く、なんです。体積ばかりか、色までも薄くなって、消え去っていくようでした。

それ以前のえりこさん？　そうですね、華やかな世界にいらした割には落ち着いた印象の、細やかなかたでしたね。不安症？　それ、保寿さんが？　まあそういう面もあったかもしれません。自己肯定感は低いほうでした。モデルの仕事も女優の仕事も、極められずに終わったからかもしれませんね。埋められない空洞をお身体の内に持っていたのでしょう。

けれどそのぶん情緒的で甘やかな文章を綴《つづ》って、寂しい心をすくいあげるのがお得意で、多くの読者を魅了していました。残念でなりません。

古角ですか？　実花さんの家庭教師だったという。会ったことないんですよ。楓花さんとの関係と言われても、まったく。逆に松阪さんにお伺いしたいわ。いったいどんな人なの。女の子を殺して、その子とさほど歳の変わらない生徒さんを教えていただなんて。学校はいったいどんな……そうね、知らなかった、採用前のことだった、ほかにコメントのしようもないでしょうね。学校側だって青天《せいてん》の霹靂《へきれき》ですね。

今の向坂家とのおつきあいですか？　ええ、まあ、ときどきね。たしかにえりこさんはお亡くなりになったけれど、今は――

あの、保寿さんからはなにも聞いていないかしら。そのお話だと思ってたんだけど……、しばらく伏せていてくださいね。でも発表になったらぜひとも、週刊茶話さんでも大きく取りあげてほしいの。

実は実花さん、うちの栴檀出版から小説家デビューすることになったんです。

えりこさんのDNAを受け継いで、情緒的で甘やかな部分はそのままに、でもみずみずしくて若さがほとばしっているんです。

内容ですか？　それは秘密です。だけど恋愛小説と幻想小説が融合した素敵な物語。少女が夢のなかで恋をするのよ。それがまたリアルで、妄想と現実が次第に重なっていって、目が眩《くら》みそうなの。今ゲラ作業中なんです。楽しみに待っていてください。できあがったらお送りしますから。

犯人捕まったってニュース聞いて、まっさきに実花ちゃんにメッセージしました。

あれが去年の秋のことで、今、裁判やってるんですよね。春休みまでには片づくのかな。実花ちゃん、春休みには仙台に戻ってくるって言ってたから。あー、遊びに来る、か。もともとは東京の人だもんね。こっちにはお父さんの転勤でやってきたんでした。

中学三年のときに転校してきて、すぐに仲良くなりました。実花ちゃんはどんなスポーツも得意で、はきはきしてて、クラスにもすぐなじんで。進学した高校も同じだから、ずっと友達です。親友です。

言ってたんですよ、実花ちゃん。仙台に来てほっとしたって。こっちはのびのび生活できるって。都会なのに自然が多いし、空気はきれいだし、お母さんの具合も良くなるんじゃないかなー、なんて。……お母さん、あまり良くならないまま、亡くなってしまったけれど。ただ少なくとも実花ちゃんのほうは、好奇の目に晒《さら》されることはなくなったはずです。特に高校では、お姉さんの事件のことはほとんど知られてませんでした。

古角って人の話だって、最初、全然違う事件だったでしょ？　高校の先生が学校近くのビルから転落したっていう。それ、どうやら殺人だったたって話で、その先生の友達が捕まって、実はふたりは昔あった別の事件の犯人だったたって展開で。

怖いねー、でも東京の話だしねー、って思ってましたよ、みんな。ていうか、関心持ってた子って正直少なかったんじゃないかな。

ところがその別の事件の被害者の写真が出てびっくり。実花ちゃんじゃないですか。学校中、騒然となりました。本当は実花ちゃんじゃなくて、実花ちゃんそっくりのお姉さんだったんだけど。そこからみんなが過去の事件を検索、です。

お姉さんが実花ちゃんに似てるんじゃなくて、実花ちゃんがお姉さんに似てるんでしたね。でもあたしたちは実花ちゃんしか知らないから。

あたしは、お姉さんの事件のことを知ってました。実花ちゃん、打ち明けてくれたし。でも他人にしゃべったりはしませんよ。当然でしょ。親友だもん。

もちろん今でもつながってます。これね。スマホで。実花ちゃんはスマホを手放さないほうだしね。お姉さんが、連絡つかなくなってその後亡くなったから、強迫観念みたいのがあるのかな。

実花ちゃんとはいろんな話をしてます。学校のこと、友達のこと、将来のこと。

あー、はい。小説を書いてることも知ってます。お母さんが小説家だったんですよね。亡くなったときに知りました。はい、読んでみました。全然イメージが違った。あたしが知ってる実花ちゃんのお母さんは、今にも壊れそうな、とても寂しい感じの人だったから。……そりゃあそうですよね、自分の子供が死んだんだもの。

実花ちゃんにお母さんの本を読んだよって言ったら、嬉しそうに笑ってました。

そしたらしばらくして、実花ちゃんが自分も書いてるんだって言って見せてくれて。すごく面白かった。お母さんには見せたのって聞いたら、恥ずかしいから見せないままだったって。もっとずっとまえからお母さんの真似をして書いてたけど、お父さんにもお姉さんにも言ってなかったって。

たしかに、親には見せられないよなー、って話だったけど。

どんなって。えー、やだぁー。

なんかねー、えっちぃんですよ。これって作り物だよね、実花ちゃんの実体験じゃないよねって訊いたら、まさかって言って。でもそのあと、しばらく固まってました。すごく怖い顔して。

はい……、あのときあたしも不思議に思って、そんな顔してどうしたのって訊きました。

返事？　ええっとね、実花ちゃんは我に返ったあと、ブラッシュアップが必要かなって考えこんでただけ、って言ってたと思います。今もそれを直してるそうです。——あ、すみません、これ、内緒の話なんです。忘れてください。

なーんだご存じなんですか。そうなんです。内容が少しアダルトだから、十八歳の誕生日を過ぎてから出すそうです。実花ちゃん、五月生まれだから初夏かな。楽しみ。

実花ちゃんとよく話している将来のことというのは、そういうんじゃなくて、進学先についてです。実花ちゃんは成績もいいし、志望校、東北大学なんですよ。だから仙台に戻ってくるよねってこの間も訊ねたんだけど、返事はなんか微妙な感じ。そのまま東京の大学にいくのかなあ。もしそうなら、あたしもそっちに行っちゃおうかな。あ、ううん、あたしは東北大、ちょっと厳しいんで、仙台にいて、入れる大学に行ければいいんです。実花ちゃんが東北大を志望校にしてるのは、東京に帰りたくないから。そのランクならお父さんも許すんじゃないか、って考えてのことなんですよ。

でもそのあとすぐにお父さんの転勤が決まって、東京に戻ることになって、実花ちゃん、帰りたくないなあって言ってました。だけど仙台には親戚がいるわけでもないし、家族はお父さんと実花ちゃんのふたりきり。お父さんはお姉さんのことがあって絶対に実花ちゃんと離れたくないって言ってるらしいから、実花ちゃん不満そうでした。

ようすが変わったのは、東京の転校先に手続きに行ったあとでした。

なんか嬉しそうっていうか、目が輝いてて。

どうしたのって訊ねたら、思ってたよりいい学校だったって。

実花ちゃん、最初は仕方がないから行くって感じだったのに、ぜひとも行きたくなったってようすで、表情も明るくなってたんです。

あたし、なんかなあって、なにがあったんだろうって、急激に寂しい気持ちになりました。

実花ちゃんって、生存能力や適応能力が高いんだと思います。こっちですぐなじんだように、東京の学校にもすぐなじめそうって思ったんですよ。実際、楽しそうにしてるみたいだし。

……ああやっぱりあたし、東京の大学に行こうかなあ。

ごぶさたしています。向坂実花です。

そういえば先日父がお会いしたそうですね。なんだか無理なお願いをしたようで、はい、わたしもネットの噂には心を痛めています。でも信じたいものを信じてしまう人の気持ちは、簡単には変えることはできませんよね。

どうされたんですか、そんな怖い顔をなさって。

え？　古角先生のことを好きだったのは母でもなく姉でもなく、わたしだと？

いまさらなにをおっしゃってるんですか。以前も言ったじゃないですか。古角先生に対しては、初恋じゃないけどそういう気持ちでいたって。だから古角先生を高校でお見かけして、きゃーって興奮しながら今までのことをいろいろ話そうとしたのに拒否された、と。

ええ、そうですね。それが姉の事件が紐解かれることになったきっかけ。

古角先生が、姉とそっくりになったわたしを怖がったのではないかと。

なんですか？　……ええ。……ええ。……なるほど。ふふ、それは、松阪さんの推論ですか？

面白いですね。

そうです。わたし今度、小説家デビューするんです。母と同じジャンル、恋愛小説です。咲坂えりこのDNAを受け継ぐという方向で進めたいって言われてるんですが、その戦略でいいのかなあ。全然関係ないペンネームや、匿名でもいいと思うんですよね。

うん、匿名で、ミステリーも書いてみようかな。

今の松阪さんのお話からもう一歩、わたしが進めてみましょうか。

ええ、わたしも気づいたんですよ。姉の空白の時間の謎に。大学で講義を受けたあと、どうして姉が古角先生のアパートに出向いたのか。

姉は誤解したんです。わたしの夢物語を、事実ではない妄想を読んで。その点は、古角先生に罪はありません。悪いのは先生に憧れてしまったわたしだったのです。幼く、けれどとめどなく淫らな夢を、書き綴ってしまったから。

姉は責めにいったのでしょう。大切な妹に、まだ中学生の妹に、なにをしたのだと。

そこでなにかが起きたのではないか。

想像です。これもまた妄想です。けれど考えれば考えるほど、正解のように思えてくる。

どうやって調べればいいのかと悩んでいましたが、天の配剤か、幸いにも古角先生と再会できました。無邪気を装って近づくと、怯えて逃げてしまいます。

答えは出たも同じ。古角先生が姉を殺したのです。

ただ、パズルのピースが足りない。古角先生だけでは死体の遺棄ができません。あのころの先生のことを調べました。主に友人関係を。そこから割り出した共犯者——里田は、今も古角先生に接触していました。先生はどうやら脅されているようです。

パズルは完成しました。それをもって警察に行くと、古角先生に伝えました。

泣いて頼まれました。自分は余命わずかだ。いずれ死をもって償うことになるから許してくれ、待ってくれ、と。

呆《あき》れたものです。姉を殺しておきながら、安らかに死にたいとはなにごとでしょう。だいいち共犯者はどうなるのか。古角先生が死ねば、里田はすべてを押しつけて逃げるでしょう。

古角先生は言いました。そうならないよう、なにがあったのかを死ぬまでに記しておくからと。

あの日あったできごと……古角先生が話してくれた事件の真相は、姉を殺したのは里田のほうだということでした。

古角先生が里田とアパートの部屋にいたところ、姉が突然訪ねてきたそうです。そして姉から言いがかりをつけられて口論となってしまった。里田は興奮する姉をからかい、肩を抱きよせ絡んでいったため姉に殴られた。腹を立てた里田に突き飛ばされた姉は倒れて、床に置いてあったダンベルに、頭の下のほう、首のあたりをぶつけてしまった。古角先生は驚き、そばに寄って声をかけたけれど、姉は間もなく死んでしまった、と。

でもそれは、本当に真実のできごとなのでしょうか。

はたして里田は、正しく裁かれるのでしょうか。

里田の主張も確認したい。古角先生にそう言って、里田を呼びだすよう依頼しました。場所はふたりがいつも会っていた廃ビルです。

そして里田がやってくるまえに、古角先生の足をすくったのです。窓を開けておいて、髪は帽子の下に隠し、指紋もつけぬよう、じゅうぶんに注意を払って。

古角先生は、窓の向こうへと落ちていきました。

自分のせいで姉が死んだ。だから自分の手で、復讐をした。

どうですか、これは。――もちろんこれも、夢物語ですよ。成人男性を窓から落とすなんて、ワンダーウーマン並みに強くないと成立しない話だし。

松阪さんの推論を一歩進めた、ひとつの答え。ミステリーの筋書き。

ひとりの死を早めることで、もうひとりを司法によって裁かせるための。

ふたり殺せば死刑になる可能性が高いそうです。里田は姉を殺し、古角先生を殺した。そうすれば死をもって償うと言った古角先生と、対等の結果になります。

え？　ええ。わたしは今も、柔道を続けていますよ。でもそれがなにか。

姉を殺したのは、本当はどちらだと思うか、ですか？

古角先生は里田だと言い、里田は古角先生だと言い、罪を押しつけあっています。里田はこう主張しています。殺したのは古角先生だから、自分は古角先生を脅迫した、古角先生もおとなしく金を払った、と。でも死体の遺棄に関わったことが明るみになっただけで、古角先生は身の破滅、金を渡すしかないのです。一方、里田にしても、なにもしていないのなら死体遺棄を手伝うことはないですよね。

どちらも自分の身がかわいいから嘘をつく。真実は明らかにならないかもしれません。

――でもいまさらですが、わたしわかったんです。真実が。

松阪さんが書いた里田の話と、裁判を傍聴して。

里田は、自分が到着したときには、すでに姉は死んでいたと言っています。死の経緯も、自分の目の前で古角先生が姉を突き飛ばしたとしてもいいはずなのに、古角先生がこう語っていたと、自分が知らない間のできごととしています。

里田は、矛盾を突かれたくないんです。検察側の持っている姉の司法解剖の結果と齟齬が生じないように。知っているとなれば、古角先生がどの位置にいて姉がどの位置にいたかという説明をする必要があり、そのなかで嘘がばれるかもしれない。それなら見ていなかったとしたほうがいいんです。どうせ古角先生は死んでいて、反論はできないから。

かたや古角先生は、姉がどういった経緯で死に至ったか、詳しく話してくれました。司法解剖の結果とも外れていません。姉に起こったことは、確実に真実といえるでしょう。

もちろん古角先生も、自分の行為を、里田がやったこととして話していたのかもしれません。死を目前にして名誉を守りたいと思っても不思議じゃない。

でも古角先生が死んだあとも、里田は生きています。古角先生の話が嘘であれば、里田はそれが嘘だという反証を挙げることができる。里田が、古角先生の気づいていない証拠や根拠を隠し持っている可能性は、ゼロではないからです。それに対して、古角先生はもう反論できない。

真実には抗えない。

嘘をついても無駄なのです。そのことがわからない古角先生だとは思えません。

わたしは里田に訪れる結末を、期待しています。

初出
「二週間後の未来」　「小説推理」二〇二〇年九月号
「俺の話を聞け」　「小説推理」二〇二〇年三月号
「それは財布からはじまった」　「小説推理」二〇二〇年一二月号
「きみのための探偵」　「小説推理」二〇二一年三月号
「真実」　書き下ろし

水生大海　みずき・ひろみ

三重県生まれ。漫画家を経て二〇〇五年、チュンソフト小説大賞銅賞受賞。〇八年、福山ミステリー文学新人賞優秀作を受賞。受賞作は『少女たちの羅針盤』と改題しデビュー。一四年、「五度目の春のヒヨコ」で日本推理作家協会賞（短編部門）の候補。「ランチ探偵」シリーズのほか、『冷たい手』『最後のページをめくるまで』などがある。

あなたが選ぶ結末は

二〇二一年一〇月二四日　第一刷発行

著者　水生大海
発行者　箕浦克史
発行所　株式会社双葉社
〒162－8540
東京都新宿区東五軒町3－28
電話　03－5261－4818（営業部）
03－5261－4840（編集部）
http://www.futabasha.co.jp/
（双葉社の書籍・コミック・ムックが買えます）

印刷所　大日本印刷株式会社
製本所　株式会社若林製本工場
カバー印刷　株式会社大熊整美堂
ＤＴＰ　株式会社ビーワークス

ISBN978-4-575-24453-3 C0093